ROSAMUNDE & OLIVER PILCHER • FAMILIENALBUM

ROSAMUNDE & OLIVER

PILCHER

FAMILIENALBUM

WUNDERLICH

TEXT VON

ROSAMUNDE PILCHER

FOTOGRAFIE

OLIVER PILCHER

DEUTSCH VON

ANJA MALICH

DESIGN

JIM STANTON

STYLING

ABIGAIL McGRATH

1. Auflage September 2007

Text Rosamunde Pilcher
Fotos Oliver Pilcher
Druck und Bindung Mohn media
Mohndruck GmbH, Gütersloh
Printed in Germany
ISBN 978 3 8052 0830 7

INHALT

Nachdem mein Roman *Wintersonne* fertig war, entschied ich, dass ich ein Alter erreicht hatte, in dem man sich getrost zur Ruhe setzen kann. Zu jenem Zeitpunkt konnte ich auf fast sechzig Jahre als Autorin zurückblicken, mir war ein ansehnlicher Erfolg vergönnt gewesen, und ich hatte das Gefühl, dass es an der Zeit war, das Schreiben an den Nagel zu hängen und mich meinem Haus und meiner Familie zu widmen.

Der Erfolg hatte lange auf sich warten lassen. Ich war bereits sechzig, als ich *Die Muschelsucher* schrieb. Mit diesem Buch veränderte sich das Leben nicht nur für mich, sondern für meine ganze Familie.

Finanzieller Erfolg ist etwas Seltsames. Man stellt sich immer vor, dass man ganz euphorisch ist und alle möglichen Dinge kauft, die man immer haben wollte; dass man den Traumurlaub in der Karibik Wirklichkeit werden lässt und sich ein schickes, schnelles Auto zulegt.

Stattdessen empfand ich lediglich eine fast erdrückende Verantwortung. Nie zuvor in meinem Leben hatte ich viel Geld zur Verfügung gehabt. Mit vier Kindern, die Graham und ich großzogen und denen wir eine anständige Ausbildung bieten wollten, bevor sie in die Welt hinausgingen, war es finanziell immer eng gewesen, auch wenn ich der Familie durch Rosamunde-Pilcher-Kurzgeschichten schöne Urlaube, neue Fahrräder, einen Tennisplatz im Garten, Theaterbesuche und ein offenes Haus für Freunde ermöglichen konnte.

Als *Die Muschelsucher* ein so großer kommerzieller Erfolg wurden, fragten mich viele, ob ich es nicht bedauerte, das Geld nicht schon in jüngeren Jahren gehabt zu haben, als die Kinder noch klein waren.

Doch so habe ich es nie gesehen. Denn inzwischen gingen sie alle ihre eigenen Wege, heirateten und gründeten selbst Familien. Und ich konnte ihnen dabei helfen. Sie sollten ohne die Last eines Kredits Eigentum erwerben, das war mir sehr wichtig. Zunächst waren es Reihenhäuser, kleine Wohnungen oder bescheidene Bungalows. Aber zu meiner großen Freude gelang es ihnen, die Immobilienleiter nach und nach weiter hinaufzuklettern, sodass sie mit den Kindern, die im Laufe der Zeit dazukamen, bald in größere und schönere Häuser umziehen konnten.

Mit diesem Buch zolle ich ihrem Gespür und ihrem guten Geschmack Anerkennung. Sie leben inzwischen alle an verschiedenen Orten ... Fiona in Somerset; Robin in Schottland; Pippa auf Long Island, New York; Mark in Cornwall. Jeder von ihnen hat sich ein ganz persönliches Heim mit einem jeweils besonderen Garten geschaffen; sie haben sehr unterschiedliche Freundeskreise und Lebensweisen. Doch sie alle sind ausnehmend gastfreundlich, und es ist jedes Mal eine Freude, bei ihnen zu Besuch zu sein.

Für mich ist der Band eine Herzensangelegenheit oder vielmehr ein Ausdruck der Dankbarkeit – für das Quäntchen Talent, das mir mitgegeben wurde und das zu weltweiter Beachtung geführt hat. Und dafür, dass sich der bescheidene Traum, den ich für meine Kinder hatte – die Sicherheit eines gemütlichen und schönen Heims –, bewahrheitet hat.

Rosamunde

E I N F Ü H R U N G

2006 war für Ros und mich ein besonders denkwürdiges Jahr.

Im Januar wurde unser erstes Urenkelkind, Andalucía, getauft.

Im Juni haben wir bei einem Mittagessen mit unseren Kindern, Geschwistern und alten Freunden meinen neunzigsten Geburtstag gefeiert.

Im September haben Oliver und Abigail, die Eltern von Andalucía, in der St. Vincent's Chapel in Edinburgh geheiratet. Die anschließende Feier fand auf Caroline Park statt, einem wunderschönen alten Anwesen, das einst dem Herzog von Buccleugh gehörte.

Im Dezember dann schließlich der Höhepunkt: unsere diamantene Hochzeit nach sechzig Jahren glücklicher Ehe.

Bei so viel Freude entstand die Idee zu dem «Familienalbum».

Sicher ist es ein Erinnerungsalbum, aber auch eine Gelegenheit, danke zu sagen; für unsere Kinder und Enkelkinder; unsere Häuser und deren Gärten und Menschen, die uns begleitet haben; für Urlaube, Zusammenkünfte und Feste. Für das alltägliche Familienleben.

Wir freuen uns, Sie an alldem teilhaben lassen zu können, und hoffen, dass Sie sich in unserer Gesellschaft wohlfühlen.

REAG FARM

Reag Farm

Als meine Kinder klein waren, unternahmen wir jedes Jahr in den Sommerferien die lange Reise nach Cornwall. Wir besaßen dort kein Haus, aber dort wohnten Verwandte, die uns herzlich aufnahmen. Manchmal mieteten wir auch ein kleines Haus oder ein Cottage, von dem aus man den Strand und das Meer zu Fuß erreichen konnte.

Grahams Cousins waren Landwirte. Bei ihnen zu sein war für die Kinder das Allergrößte, denn dort gab es andere Kinder, mit denen unser Nachwuchs auf Erkundungstour gehen konnte. Sie liefen über Felder, kletterten auf Felsen, picknickten und sprangen zum Schwimmen von den Klippen.

Besonders Mark gefielen diese Aufenthalte. Er liebte Bauernhöfe und alles, was mit dem Landleben zu tun hatte, besonders die Milchkühe, eine Herde Guernseys, die auf den Weiden grasten. Zweimal am Tag trotteten die gutmütigen Tiere auf ausgetretenen Pfaden zu den riesigen Melkschuppen. Man konnte Traktor fahren, Hühner füttern, Eier sammeln – in dieser Umgebung blühte unser Sohn auf.

Deshalb war es nicht verwunderlich, dass er nach einem Jahr Auszeit und nach Abschluss der Landwirtschaftsschule nach Cornwall zurückkehrte und sich dort niederließ. Zunächst lebte und arbeitete er auf dem Hof unserer Verwandten, dann kaufte er sich in der Nähe, am Ende eines Tals, ein kleines Holzhaus. Über sein Grundstück plätscherte ein Bach, und überall wucherte Riesenrhabarber. Im Tal konnte man noch die Reste einer alten Zinnmine sehen. Marks Haus war ursprünglich als Unterkunft für den Chef der Mine gebaut worden. Im Laufe der Jahre hatte man es um einige Anbauten erweitert, und als Mark es kaufte, war es ein bescheidenes, aber gemütliches Wohnhaus.

Vorhergehende Seiten: Der Hof am frühen Morgen, in Atlantiknebel gehüllt.

Gegenüberliegend: Iona in ihrem Element. Der Blick auf die Farm, Heideland, Felder und den Atlantik ist atemberaubend.

Folgende Seite links: Die dritte Pilcher-Generation, die den Sommer am Lelant Beach verbringt. Kein Zelt, keine Strandhütte, kein Kiosk und oft auch keine anderen Menschen. Nur Sand, Dünen, Wind und das Meer.

Folgende Seite rechts: Vater und Großvater passen auf die Kinder auf.

Bis er einen eigenen Hof fand, dauerte es eine Zeit, doch irgendwann war es so weit. Nachdem Mark sich mit dem vorherigen Besitzer auf einen Kaufpreis geeinigt hatte, konnten er und seine Freundin Jessica einziehen.

Das Anwesen war klein, insgesamt nicht mehr als gut 36 Hektar, die sich zu ungefähr gleichen Teilen in Felder und hügeliges Weideland aufteilten. Es gab ein kleines Wohnhaus, eine alte Scheune, Ställe und Schuppen. Die Gebäude waren allerdings in einem desolaten Zustand. Die Schuppen, für moderne landwirtschaftliche Maschinen ohnehin ungeeignet, hatten Löcher im Dach. An einigen Stellen waren sie mit Wellblech geflickt, doch auch das rostete bereits so stark, dass es nicht mehr dicht hielt. Außerdem waren die Fenster und Türen marode und fielen fast aus den Angeln. Überall auf dem Hof wucherte Gras. Bevor überhaupt mit der Bewirtschaftung begonnen werden konnte, mussten ein neuer großer Stall für die Lämmer und Unterstände für das Vieh gebaut werden.

Die Felder waren in nicht viel besserem Zustand. Sie waren jahrelang verpachtet gewesen, und man hatte zu viel aus ihnen herausgezogen, ohne ihnen je etwas zurückzugeben. Im ersten Jahr mietete Mark eine Herde Schafe, 100 junge Muttertiere, damit der Boden sich erholen konnte. Später wurden fünfzehn Färsen angeschafft und ein Bulle bestellt, der für Nachwuchs sorgen sollte.

Das Haus lag nicht ideal. Es stand unterhalb eines nach Süden gelegenen Feldes. Da der angrenzende Garten nur fünf Schritte maß, war es im Erdgeschoss ziemlich dunkel. Nur in die beiden Schlafzimmer drang ein wenig Licht. Also wurde mit einem Bagger ein Halbrund aus dem Feld ausgehoben, das Mark und Jessica mit einer Granitmauer begrenzten. Zu Beginn des Sommers blühten in den Feldern und Wiesen – typisch für Cornwall – Fingerhut und Schlüsselblumen, was einen wunderschönen Hintergrund für die Geranien und Kamelien im Garten abgab.

Vorhergehende Seiten: Familienbild auf dem Klippenpfad oberhalb von Porwennis Cove – von links: Mark, Archie, Jessica, Iona und Lalage.

Rechts: Ein Moment zum Ausruhen hoch auf dem Berg über dem Bauernhof von Reag. Von links: Iona, Embo, der Hütehund, Rosamunde, Graham, Archie und Mark.

Also schickten Mark und Jessica nach einem Rutengänger, der mit seiner Wünschelrute 25 Meter unter der Erde fündig wurde. An dieser Stelle kreuzten sich drei Grundwasserströme, die die Versorgung mit Frischwasser sicherten.

Auch die Wasserversorgung bereitete Kopfzerbrechen. Der Hof wurde über eine Art Kanal versorgt. Schon seit Jahrhunderten hatte man darin Wasser aus den Hügeln bis hierher geleitet. Er trocknete niemals aus, aber leider war er auch für das Vieh zugänglich, und so gerieten hin und wieder Salmonellen in das Wasser. Also schickten Mark und Jessica nach einem Rutengänger, der mit seiner Wünschelrute 25 Meter unter der Erde fündig wurde. An dieser Stelle kreuzten sich drei Grundwasserströme, die die Versorgung mit Frischwasser sicherten.

Danach wurden die Nebengebäude in Angriff genommen. Da sich der Hof in einem Naturschutzgebiet befindet, gab es Gelder für die Renovierung, vorausgesetzt, dass alles originalgetreu wiederaufgebaut wurde. Das bedeutete: Schieferdächer und Granitmauern. Türen und Fenster wurden erneuert und der Hof mit einem leicht abschüssigen Betonboden versehen, sodass man das Regenwasser sammeln kann.

Vorhergehende Seite links: Archie, Lalage und Iona trotzen den Elementen, aufgenommen auf dem Hügel hinter der Farm. Mark sammelt Zweige als Brennholz. Graham, Archie und Mark machen vor dem Stall eine Pause. Der alte Massey-Ferguson-Traktor.

Vorhergehende Seite rechts: Lalage betrachtet die Landschaft.

Links: Mark macht mit den Kindern eine Pause von der Arbeit – von links: Mark, Iona, Archie und Lalage.

Das Haupthaus stand ursprünglich auf einer Linie mit der alten Scheune, die eine steinerne Außentreppe hatte, doch zwischen den beiden Gebäuden gab es eine Lücke von fast einem Meter. Mark und Jessica beschlossen, diese zu schließen, um einen größeren Wohnbereich zu schaffen. Ein befreundeter Architekt half den beiden bei der Planung. Gleichzeitig wurden mehrere kleine Anbauten aus den 50er Jahren abgerissen – unansehnliche Ziegelsteingebilde, die die Nordseite des Hauses verschandelten. Stattdessen fügte man einen großen Raum aus Granit an, von innen vertäfelt und mit einem Schieferboden ausgelegt. Auf der Südseite, mit Blick in den Garten, entstand ein großzügiger Wintergarten. So gelang es Mark und Jessica, das Haus nicht nur zu vergrößern – man hatte nun auch nicht mehr das Gefühl, sich in einem langen Eisenbahnzug zu befinden.

Schließlich ist ein nahtloser Komplex entstanden, bei dem Wohnbereich und landwirtschaftliche Gebäude miteinander verschmelzen, als würden sie seit Jahrhunderten so stehen. Das Haus ist solide und hat mit seinen zwei Treppenhäusern einen ganz eigenen Charme. Im langgestreckten Wohnzimmer brennt im Winter ein Feuer im offenen Kamin, der traditionell mit Schiefer verkleidet ist, ein Ofen wärmt den Koch- und Essbereich, und der Wintergarten bietet einen zusätzlichen Aufenthaltsraum an Tagen, in denen die Sonne durch die Wolken dringt.

Ganz links: Der Eingangsbereich; die Vitrine und das Porzellan wurden aus Schottland hierhertransportiert, als Rosamunde und Graham nach Penrowan umzogen.

Links: Zum Abendessen gibt es Lammbraten vom Metzger im Ort, mariniert mit Rosmarin und Knoblauch. Die Küche mit dem traditionellen weißen AGA-Ofen vor dem alten Granitschornstein. Frisches Gemüse, das mit dem Braten in den Ofen kommt.

Folgende Seite links: In der Küche. Kochen macht Spaß – besonders, wenn es darum geht, die Schüssel auszulecken.

Rechts: Lalage ist eine exzellente Hilfsköchin, die hier mit Abigail Kuchen zum Tee backt.

Die Bauarbeiten zogen sich über ein Jahr hin. Währenddessen lebten die Arbeiter auf dem Hof. Gleichzeitig versuchte Mark, die Landwirtschaft aufzubauen. Und Jess erfuhr damals, dass sie schwanger war. Aber irgendwie haben die beiden all die Bauarbeiten und sogar die Bauarbeiter überstanden. Als Iona im Mai 1997 geboren wurde, konnte Mark Mutter und Tochter aus der Klinik in ein mehr oder fertiges Zuhause bringen.

Der Hof schmiegt sich an einen Hang, der den Garten vor rauen Seewinden schützt. Im Norden erstreckt sich der lange blaue Horizont des Atlantiks. Mark und Jess sind inzwischen verheiratet und haben drei Kinder. Auf der Wiese steht eine Schaukel. Hinter einer Escallonia-Hecke verbergen sich ein Spielhaus und ein Trampolin, auf dem die Kinder ihre überschüssige Energie loswerden können. Im Stall, neben dem Bullenverschlag, stehen Jessicas Pferd und das Pony der Kinder, und wo früher die Schweine hausten, befindet sich heute ein gemütliches Zimmer für Besucher oder «Bed & Breakfast»-Gäste.

Vorhergehende Seite links: Lampen, Blumen und Familienbilder verleihen dem alten Bauernhaus eine gemütliche und einladende Atmosphäre. Archie wärmt sich am Feuer.

Vorhergehende Seite rechts: Lalages großes Bett, auf dem eine wunderhübsche Patchworkdecke mit Blümchenmustern liegt; eine bunte Lichterkette ziert das Kopfende des Bettes.

Ganz links: «Ist da jemand hinter all dem Haar?» Iona wird überschüssige Energie auf dem Trampolin los.

Links: Es hat aufgehört zu regnen, endlich kann man wieder raus! Lalage und Archie gemeinsam auf dem Trampolin.

Folgende Seite links: Archie schlachtet den Pfefferkuchen, den Rosamunde mit Liebe für ihn gemacht hat.

Folgende Seite rechts: Ostersonntag. Nach dem Kirchgang und einer herzhaften Stärkung folgt die große Ostereiersuche. Mit Seilschwingen, Netzen und «gefährlichem Sumpf». Jessicas Vater und zwei Brüder, die allesamt Hochbauarbeiter von Beruf sind, haben einen unglaublichen Parcours für die Kinder vorbereitet, bei dem die Lösung so mancher Aufgabe mit Bonbons oder Schokolade belohnt wurde, genug, um es mit den anderen Generationen zu teilen.

PHEASANT

Scramble o'er the
bog of doom
careful o' the beast
there you'll find your
reward
Ye warriors may feast!

Iona, Lalage, Archie

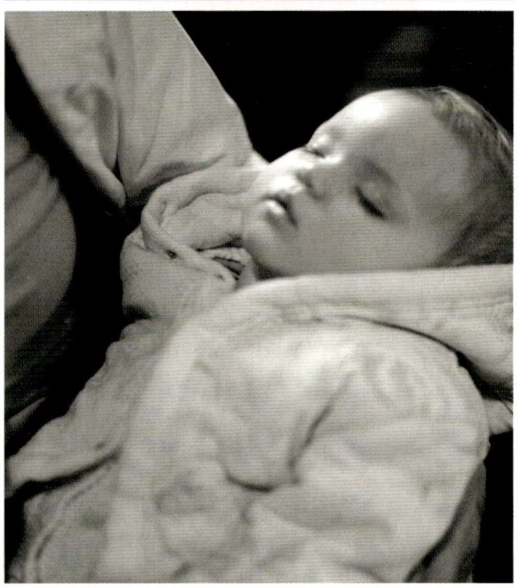

> *Ein Bach entspringt hier, der sich auf dem Weg ins südliche Tal immer mehr verbreitert, bis er schließlich zu einem ansehnlichen kleinen Fluss wird.*

Inzwischen hat Mark noch fünf Felder auf der Südseite des Hügels hinzugekauft. Damit ging nebenbei auch ein Dickicht aus Rhododendron und ausladenden Laubbäumen in seinen Besitz über. Ein Bach entspringt hier, der sich auf dem Weg ins südliche Tal immer mehr verbreitert, bis er schließlich zu einem ansehnlichen kleinen Fluss wird. Am Anfang war das Dickicht hier nahezu undurchdringlich, doch dann machte sich ein Freund, der für eine Weile mit auf dem Hof lebte, daran, Wege durch den wuchernden Rhododendron zu schlagen. Dabei kamen mit Gras bewachsene Lichtungen zum Vorschein, junge Buchenbäumchen und riesige, mit Moos bedeckte Granitfelsen. Inzwischen ist dieser Platz, wo man von einem Baum zum anderen schwingen und klettern kann, einer der Lieblingsorte der Familie für ein Picknick.

In den Astgabeln sind Eulenkästen angebracht. Wenn die Sonne scheint, dringen ihre Strahlen bis auf die Bachufer hinunter. Jetzt wachsen wieder Wildblumen, wo früher nur feuchter, unwirtlicher Urwald war.

Links und rechts: Ostern in der kleinen alten Kirche im Dorf. Im Gegensatz zu Rosamunde und Mark, die das Geschehen aufmerksam verfolgen, ist Andalucía gar nicht interessiert.

Folgende Seite links: Frühling liegt in der Luft. Aberdeen-Angus-Kühe mit ihren Kälbern, die zu Marks preisgekrönter Herde gehören, werden von der Weide in den Stall gebracht. Jessica und Archie spielen mutig auf dem «Wackelstein». Archie findet einen guten Ausgangspunkt, um nach dem Vieh zu sehen. Embo, der Hütehund.

Folgende Seite rechts: Marks Suffolk-Schafböcke beäugen Hütehund Embo gelangweilt.

Auf den Weiden grasen noch immer Schafe, aber sie haben inzwischen Gesellschaft von einigen schlanken schwarzen Aberdeen-Rindern bekommen, die aus einer preisgekrönten Herde von Rassetieren stammen.

PENROWAN HOUSE

Penrowan House

Als wir 1946, vor sechzig Jahren, heirateten, lebte der Onkel meines Mannes, Will Cox, in einem Haus namens The Croft. Um dieses Haus konnte man ihn nur beneiden. Es lag in einem alten, verwinkelten Dorf sechs Meilen von Dundee entfernt. Innerhalb des Ortes stand es auf einem fast fünf Hektar großen Grundstück, auf dem sich inmitten von Wiesen, Blumen und alten Bäumen auch noch ein Gartenhäuschen und ein Kutscherhaus befanden. Es gab einen Tennisplatz, eine Koppel für Ponys, Obst- und Gemüsebeete und ein kleines Wäldchen, das im Mai mit Bluebells übersät war. Durch die Südfenster des Hauses hatte man einen wundervollen Blick auf die Felder und Weiden, die sich über sanfte Hänge erstreckten, auf die Mündung des Tay und die grünen Hügel der Halbinsel Fife jenseits des Wassers.

Der ehemalige Bauernhof war bereits in den achtziger Jahren des neunzehnten Jahrhunderts im Cottage-Stil umgebaut und vergrößert worden. Drinnen war das Haus mit Holz vertäfelt und hatte niedrige Decken. Es wurde mit offenen Kaminen beheizt und wirkte gemütlich und einladend. Will und seine Frau Renny waren als Gastgeber legendär, unendlich offen und großherzig. Ständig wohnten Gäste bei ihnen, es wurden Feste gefeiert und ausgiebig am großen Mahagonitisch gespeist.

Ich habe The Croft immer sehr gemocht und fühlte mich dort außerordentlich wohl. Von Anfang an wusste ich, dass ich dieses Haus gern besitzen würde, um den Rest meines Lebens dort zu verbringen.

Doch es sollte nicht so sein.

Vorhergehende Seiten: Der Weg nach Penrowan führt durch ein Wäldchen, dessen Boden mit Bluebells übersät ist.

Links: Im Frühling. Rosamunde pflückt Bluebells zwischen den Buchen.

Renny starb 1967, und Will blieb allein zurück. Ihm war schon vor längerer Zeit das Geld ausgegangen, und um finanziell zurechtzukommen, hatte er die beiden kleinen Häuser jeweils mit einem Stück Land verkauft. 1955 hatte er sich dann auch noch von dem Tennisplatz und dem kleinen Bluebells-Wäldchen getrennt. Ein Bäcker im Ruhestand wollte sich dort einen Alterssitz bauen. Ein ortsansässiger Architekt entwarf einen Vier-Zimmer-Bungalow mit einem großen Wohn- und Essbereich und großen französischen Fenstern, durch die man ins Grüne blickte. Daneben wurde noch eine Garage gesetzt. Das Ganze erinnerte ein bisschen an Schuhkartons.

Der Bäcker starb wenige Jahre später, doch seine Witwe lebte bis ins hohe Alter in dem kleinen Haus. Als nach ihrem Tod im Alter von 92 Jahren keine der beiden Töchter in dem Bungalow leben wollte oder konnte, sollte er verkauft werden.

Links: «Auch nach sechzig Jahren Ehe haben wir uns noch viel zu sagen.»

Oben: Sydney Godolphin, eine halbschottische Wildkatze, die sehr zurückgezogen lebt.

Zu jener Zeit lebten wir noch in dem Haus, das wir seit 45 Jahren bewohnten und in dem wir unsere vier Kinder großgezogen hatten. Wir fühlten uns darin keineswegs verloren, aber zu dem Grundstück gehörten ein großer Garten, ein Pool und ein Tennisplatz, und all das wollte gepflegt werden. Ganz zu schweigen von dem Laubwäldchen, das wir selbst gepflanzt hatten. Hinzu kam, dass unser Grundstück an einer Straße lag, die im Laufe der Jahre ausgebaut und zur Hauptstrecke nach Aberdeen geworden war.

Der Verkehr war nicht nur laut, sondern mit der Zeit zu einem akuten Problem geworden.

Eigentlich hatten wir uns nicht verkleinern wollen, aber als sich die einmalige Gelegenheit bot, konnten wir sie uns nicht entgehen lassen.

Mein Mann war anfangs gar nicht begeistert von der Idee. Er liebte sein Haus und seinen Garten und war nicht bereit, das alles aufzugeben. Mir zuliebe willigte er ein, den Bungalow wenigstens zu besichtigen. Von innen war er minimalistisch, fast einfallslos. Er hatte übergroße Fenster, was für die fünfziger Jahre typisch war, und die Badezimmer waren erbärmlich ausgestattet. Doch das Haus war durchdacht und solide gebaut, wenn auch wenig zur Vollendung oder Verschönerung getan worden war.

Mein Mann sagte: «Ich glaube nicht, dass ich hier leben kann.»

Doch ich versprach ihm, dass er es bald mögen würde. Er solle mich nur machen lassen.

Was ihm an dem Grundstück gefiel, waren der Garten und das kleine Wäldchen mit den Bluebells, in dem es unter anderem eine Linde, eine Rotbuche, einen Kastanienbaum mit rosafarbenen Blüten, eine hohe schottische Tanne und eine beeindruckende Baumzypresse gab. Der Garten – die andere Hälfte des ehemaligen Tennisplatzes – war abgeschirmt und von außen nicht einzusehen. Der schmale Durchgang zu dem Wäldchen sah aus wie ein wahres Trompe-l'œil: Hier hatte man den Eindruck, in eine riesige Parkanlage mit Baumbestand zu gelangen. Man konnte sich sogar einen künstlichen See in der Ferne einbilden.

Links: Die majestätische Blutbuche vor einem strahlend blauen Frühlingshimmel in Pertshire.

Rechts: Graham trägt seine Armeemütze mit dem roten Federbusch des Black-Watch-Regiments. Tulpen und Kirschblüten blühen üppig im Garten von Penrowan.

Ganz oben: Blick auf Penrowan vom Bluebells-Wäldchen aus.

Oben: Ein Porträt von G. H. Pilcher, das Carlos Sanchez gemalt hat.

Rechte Seite: Rosamundes Schreibtisch. Für Briefe an ihre Familie findet sie immer Zeit.

Folgende Seiten: Ein friedlicher Moment allein im Salon.

Phantasie, selbst wenn es nur um ein Wohnhaus geht, ist etwas Magisches. Nach kurzer Bedenkzeit und noch bevor das Objekt offiziell auf den Markt kam, machten wir ein Angebot, das angenommen wurde.

Mit einem Architekten besprachen wir die grundlegenden Veränderungen. Im Wohnzimmer ließen wir die riesigen Fenster anpassen und die Decke erhöhen, damit mein ererbter Kronleuchter dort Platz fand. Auf der Vorderseite entstand eine neue Veranda, während die alte in das Haus integriert und zu einem kleinen, aber absolut ausreichenden Hauswirtschaftsraum wurde. Eine winzige Toilette mussten wir entfernen, um den Flur zu vergrößern, und in einen überdimensionierten Wäscheschrank bauten wir ein Gästebad ein.

Wir schufen eine Verbindung zwischen Haus und Garage und nutzten den gewonnenen Raum für ein weiteres Schlafzimmer mit angeschlossenem Bad und für ein Büro für mich. Danach bekam das gesamte Gebäude ein neues Dach. Allerdings wirkte die Fassade jetzt sehr lang, fast wie ein Eisenbahnzug. Um sie optisch zu unterbrechen, ließen wir einen Wintergarten davorsetzen, durch den ich von meinem Büro aus in den Garten gehen kann.

THE SHELL SEEKERS

Die Farbe, ein sanftes Blau, erinnert an die ausgewaschenen Jeans der Kinder, und der Ton wird in den gestreiften Gardinen und den Kacheln an der Wand hinter dem Ofen wiederaufgenommen.

Die Küche, den wichtigsten Raum von allen, überließen wir Robert Workman, der auch die Küche in unserem alten Haus geplant hatte. Die neue war klein und, wie in den fünfziger Jahren üblich, mit einem elektrischen Herd, freistehenden Schränken und viel Kunststoff eingerichtet. Robert riss alles heraus, und wir vergrößerten den Raum, sodass ein Frühstückstisch dort Platz hat. Die Erweiterung ist an zwei Seiten verglast und am Morgen wunderschön sonnig. Ein Ofen wurde installiert und Einbauschränke an die Wände montiert. Da ich Kiefernholz, jahrelang mein Favorit, inzwischen ein wenig satthatte, entschied ich mich für lackierte Oberflächen. Die Farbe, ein sanftes Blau, erinnert an die ausgewaschenen Jeans der Kinder, und der Ton wird in den gestreiften Gardinen und den Kacheln an der Wand hinter dem Ofen wiederaufgenommen.

Als Nächstes kam der Garten an die Reihe. Er bestand aus drei klar voneinander getrennten Bereichen: Beete und Rasen, Vorgarten und Wäldchen. Zur Straße hin grenzte die fast zwei Meter fünfzig hohe alte Steinmauer das Grundstück ab, an der Pfirsich- und Birnbäume wachsen, die auch heute noch viele Früchte tragen. Auf dem Rasen stehen ein alter Pflaumen- und ein Apfelbaum. Letzterer versorgt uns mit riesigen grünen Bramleys.

Links: Der Tisch ist für ein einfaches Mittagessen mit Freunden gedeckt. Es gibt eine selbstgemachte Suppe mit frischem Brot.

Folgende Seite links: Daisy, der Dackel, mag lieber Betten als Körbchen. Lavendelkissen sorgen dafür, dass es im Schlafzimmer gut duftet.

Folgende Seite rechts: Ein wunderhübscher Spiegel mit Goldrahmen hängt im Salon über einigen der zahlreichen Familienbilder in diesem Raum.

Dondie

With love x
Maison

Beim Bau des Hauses hatten der Bäcker und seine Frau einen Landschaftsgärtner engagiert, aber seither war in dieser Hinsicht nicht mehr viel getan worden. Wir haben die Koniferen stark zurückgeschnitten, neue Blumenrabatten angelegt und angefangen, Rosen an der Wand des Hauses hinaufranken zu lassen. «Händel», «Compassion» und «Golden Showers» blühen den ganzen Sommer über. Große Büschel Lavendel verströmen ihren Duft durch die geöffneten Fenster bis ins Gästezimmer. Das Blumenrohr, das in den fünfziger Jahren modern gewesen war, musste mühevoll ausgegraben werden. Stattdessen pflanzten wir Hortensien, die sich an der Stelle gut machen, auch wenn sie bei trockenem, warmem Wetter viel Wasser brauchen.

Im Wäldchen setzten wir an den Stellen, an denen Bluebells wuchsen, Schneeglöckchen und Narzissen, die im Frühjahr Farbe ins Unterholz bringen. Einige alte Rhododendronbüsche mussten neuen Pflanzen weichen – meiner Lieblingssorte «Pink Pearl».

Direkt vor dem Haus haben wir eine geflieste Terrasse bauen lassen, auf der man im flirrenden Schatten der Birke wunderbar zu Mittag essen oder seinen Tee einnehmen kann. Der Rasen ist groß genug, um Krocket oder Ähnliches zu spielen, wenn die Enkelkinder da sind.

Wir haben heute Nachbarn zu allen Seiten, aber hohe Zäune und Ranken sorgen für Sichtschutz und ungestörte Privatsphäre. Zwar haben wir keinen Fernblick, aber das macht uns nichts aus. Stattdessen genießen wir es, den Kirschbaum der Nachbarn in voller Blüte zu sehen oder eine Reihe alter Ulmen, in denen Krähen brüten, auf dem Grundstück nebenan.

Oben: Ein alter Holzapfelbaum wirft Schatten auf den frischgemähten Rasen, der auf die Krocketpartie am Wochenende wartet.

Rechts: Andalucía wird von ihrer Mutter für das Sonntagsessen zurechtgemacht. Danach entspannt sich die Familie im Garten bei einem Krocketspiel. Unter dem Apfelbaum findet Hugo Zeit für ein Gespräch mit seiner Großmutter.

Folgende Seiten: Der Esstisch im Salon ist für das Sonntagsessen gedeckt. Selbst im Sommer brennt hier oft der Kamin.

Von meinem Schlafzimmer aus kann ich die hohen Ziegelsteinschornsteine von The Croft erspähen. Und auch wenn ich heute nicht in dem Haus lebe, um das ich Will Cox immer so beneidet habe, so weiß ich doch, dass das, was mir vergönnt war, das Nächstbeste ist.

G E N E S I S   F A R M

Genesis Farm

1986 zogen Pippa und ihr Mann Richard, ein Modefotograf, von London nach New York, wo er beruflich tätig war. Sie ließen sich mit ihren drei Kindern in Bellport an der Südküste von Long Island nieder. Am Anfang mieteten sie ein hübsches altes Haus in der Bellport Lane. Nachdem sie noch einmal Nachwuchs bekommen hatten und ihre Kinder in die Grundschule am Ort gingen, sahen sie sich in Bellport nach einem eigenen Haus um.

Sie entschieden sich für das Pfarrhaus, das zu der kleinen weißen Kirche an der South County Road gehörte. Es war groß genug für ihre ständig wachsende Familie (das fünfte Kind kam 1991 zur Welt), und im Garten war genug Platz für einen Swimmingpool. Auf den schattigen Wegen südlich des Hauses konnte man gut Fahrrad fahren, und in der Nähe, an dem kleinen Yachthafen, gab es Spielplätze und Grünflächen. Fire Island und der Atlantik waren nicht weit. Man musste lediglich mit der Fähre die Great South Bay überqueren. Alles, was man für das tägliche Leben brauchte, konnte man zu Fuß besorgen.

Das einzige Problem waren die Pferde. Die drei jüngeren Kinder, allesamt Mädchen, waren begeisterte Reiterinnen. Doch ihr Stall lag zwanzig Meilen ostwärts. Pippa fuhr sie fast jeden Nachmittag dorthin. Wenn sie ihre Reitstunde hinter sich und ihre Ponys versorgt hatten, stand ihnen dann noch die lange Rückfahrt bevor.

Auf der Suche nach einem neuen Reiterhof, der ein wenig dichter bei Bellport lag, stießen sie schließlich auf eine Reitschule mit angeschlossenem Stall, die sich auf einer ehemaligen Farm befand. Der größte Teil der Ländereien wurde als Pferdekoppel oder für die Reitübungen genutzt. Aber einige Grundstücke standen auch zum Verkauf, und ein letztes war damals noch zu haben. 4000 Quadratmeter als Baugrund, auf dem

Vorhergehende Seiten: Die Farm, umgeben von Koppeln, im warmen Abendlicht.

Links: Tamsin überwindet mit Springpferd Sadie ein Hindernis.

Oben: Gut geputzte Stiefel und Sattelzeug für das Turnier am Wochenende.

bereits ein kleines Bauernhaus stand, und zwei weitere Hektar zur landwirtschaftlichen Nutzung, die nicht bebaut werden durften.

Sie mussten sich entscheiden. Bellport den Rücken zu kehren bedeutete, alte Freunde zurückzulassen, Schulen zu wechseln und ein neues Haus für eine siebenköpfige Familie zu bauen, was sicher kein Zuckerschlecken sein würde. Aber die Pferde wären direkt vor der Haustür. Nach langen Diskussionen machten sie Nägel mit Köpfen, verkauften das Haus in Bellport und zogen aufs Land.

Das kleine eingeschossige Bauernhaus, das zum Glück über einen geräumigen Keller verfügte, wurde zu ihrem Zuhause. Ihre Möbel und Habseligkeiten wurden in Containern auf dem Grundstück gelagert. Sogar eine mobile Toilette stellten sie auf, da das kleine Badezimmer im Haus nicht ausreichte.

Richard, der inzwischen nicht mehr als Modefotograf arbeitete, baute nicht zum ersten Mal ein Haus. Angefangen hatte er mit einer Surfhütte auf Maui, Hawaii. Danach war es ein Holzhaus in Montauk, das er anschließend verkaufte. Jetzt machte er sich zunächst an den Bau einer Scheune, das heißt einer Garage für die Autos mit einer kleinen Wohnung darüber. Nach einem Jahr war sie fertig. Sein Sohn Chico und dessen Freunde aus Kentucky sägten das Holz für den Bau dort auf Maß zurecht und transportierten es auf riesigen Lastwagen nordwärts. Ein Elektriker und ein Installateur waren die einzigen Handwerker, die Richard beauftragte.

Rechts: Das Haus hat Richard Imrie selbst entworfen und gebaut. Von der Terrasse auf der Ostseite kommt man zum Swimmingpool.

Der Sommer war sehr heiß, und alle wünschten sich einen Pool. Umgehend heuerten sie jemanden an, den man angesichts der schweißtreibenden Temperaturen wahrhaftig als Lebensretter bezeichnen konnte. Innerhalb von zwei Wochen hob er eine Grube aus und baute das Becken ein.

Nach Fertigstellung der Scheune war nun das Haus selbst an der Reihe. Pippa und Richard setzten sich mit einem Architekten zusammen, dessen Aufgabe aber letztlich nur darin bestand, Richards Pläne anzuschauen und sie für den Antrag beim Bauamt professionell umzuzeichnen.

Der Umzug auf die «Farm» war bereits zu diesem Zeitpunkt ein voller Erfolg. Die Pferde waren nun ganz in der Nähe, und die Hunde hatten genug Auslauf. Das Grundstück ist umgeben von Feldern und Wäldern, in denen man wandern, Rad fahren und reiten kann. In der neuen Schule waren die Kinder von Anfang an sehr glücklich, und ein Strand, an dem sie surfen und baden können, liegt nur zwanzig Minuten entfernt. In dem Ort, in dem auch die Schule liegt, befindet sich ein großer Supermarkt; einen kleinen italienischen Lebensmittelladen und einen Metzger gibt es sogar im Dorf. Außerdem nutzt die Familie regelmäßig den Sportclub mit den Tennisplätzen.

Links, von oben: Lola, Richard, Max, Tamsin und Caitlin kühlen sich in der Mittagshitze ab.

Rechts: Pippa freut sich an ihrer Familie.

Folgende Seite links: Details aus dem Haus. Über Pippas und Richards Bett hängt ein Gemälde von John Miller. Ein Gobelinkissen auf einem antiken Stuhl. Die gelungene Zusammenstellung von Möbeln, Bildern, Spiegeln und Blumen zeichnet diesen entspannten Einrichtungsstil aus. Ein Ausschnitt aus der Skulptur einer Frauenfigur, die Richards Vater, der bereits verstorbene Archie Imrie, gemacht hat.

Folgende Seite rechts: Freiliegendes Gebälk und breite Holzdielen verleihen der Küche ihren «Landhausstil».

Der Bau des Hauses dauerte ebenfalls ungefähr ein Jahr. Das gesamte maßgefertigte Holz stammte auch diesmal aus Kentucky, die dicken Balken eingeschlossen, die einem alten Farmhaus erst den richtigen Charakter verleihen. Für Zimmermanns- und Maurerarbeiten wurden Handwerker angestellt, den Innenausbau und den letzten Schliff aber haben Richard und seine beiden Helfer, Carlos und Arobal aus Costa Rica, selbst übernommen. Die kleine alte Bauernkate haben sie zur Küche und damit zum Mittelpunkt des neuen Hauses gemacht. Dann setzten sie ein weiteres Stockwerk darüber, und an der Stirnseite entstand ein komplett neues Gebäude mit einem Wohnzimmer, einer kleinen Bibliothek und Schlafzimmern in der ersten Etage.

2005 war es schließlich so weit: Die Möbel wurden aus den Containern in das Haus geräumt, und die Familie konnte einziehen.

Rechts: Um den weißen Kaminsims gebaute Regale voller Bücher und Fotos. Über der Feuerstelle hängt ein Thomas-Millie-Dow-Gemälde, auf dem Kynance Cove in Cornwall zu sehen ist. Riesige Lehnsessel sehen gemütlich und einladend aus.

Folgende Seite links: Der Tisch ist festlich gedeckt, um den amerikanischen Unabhängigkeitstag am 4. Juli zu begehen.

Folgende Seite rechts: Flaggen, Mais und Blumen werden für die Festivitäten arrangiert.

RICHARD AVEDON
1944-1994
EVIDENCE
RICHARD AVEDON EVIDENCE 1944-1994
STAW tredlA
O'Keeffe · In The West

Das Ergebnis ist ein geräumiges, luftiges Ostküstenhaus, das in hellen Tönen eingerichtet ist. Im Sommer ist es drinnen kühl, und im Winter, wenn im Wohnzimmer ein riesiges Feuer im Kamin brennt, ist es warm. Die Möbel bilden eine interessante Mischung aus Alt und Neu. Bequeme, weiß bezogene Sofas und Sessel passen perfekt zu einem alten englischen Glasschrank mit Rockingham-Porzellan. Eine antike Truhe im kapholländischen Stil steht neben modernen Beistelltischen. An den Wänden hängen Bilder, Meerlandschaften und Porträts, größtenteils Erbstücke, sowie eine Reihe Schwarzweißfotografien. Überall stehen und liegen Bücher, und die weiß bezogenen Betten in der oberen Etage zieren die typisch amerikanischen Patchworkdecken. Das Zimmer der jüngsten Tochter ist natürlich mit all den Rosetten geschmückt, die sie im Laufe der Jahre beim Reiten gewonnen hat.

Doch noch hatten Richard und seine Helfer nicht alle Probleme behoben. In der Vergangenheit war die oberste Erdschicht des Grundstücks abgetragen worden und lag jetzt als riesige Geröllhalde auf dem Weideland, was beileibe kein schöner Anblick war. Darüber hinaus entzogen Kiefern, die sich selbst ausgesät hatten, dem Boden das Wasser. Alle wussten, dass es viel Arbeit erfordern würde, bevor man hier Gras säen konnte, um die Pferde dort weiden zu lassen. Der Farmer, von dem sie das Land gekauft hatten, kam mit einem Bulldozer und trug die Halde ab. Nun war immerhin die Sicht wieder frei. Jetzt wurden noch die Bäume gefällt, abgesehen von einigen großen Exemplaren, die als willkommene Schattenspender blieben. Dann pflügten sie den Boden, ebneten ihn ein und wässerten ihn stark, um hier wieder Gras säen zu können.

Von links: Max, Caitlin und Tamsin posieren mit ihren Boards am Kiesstrand von Montauk.

Folgende Seite links: Die Felsküste bei Montauk ist ein ideales Ausflugsziel. Max, Caitlin und Tamsin zeigen, was sie auf dem Wasser können.

Folgende Seite rechts: Pippa entspannt sich mit ihrer älteren Tochter Tamsin.

KAZUMA
One World

XCEL

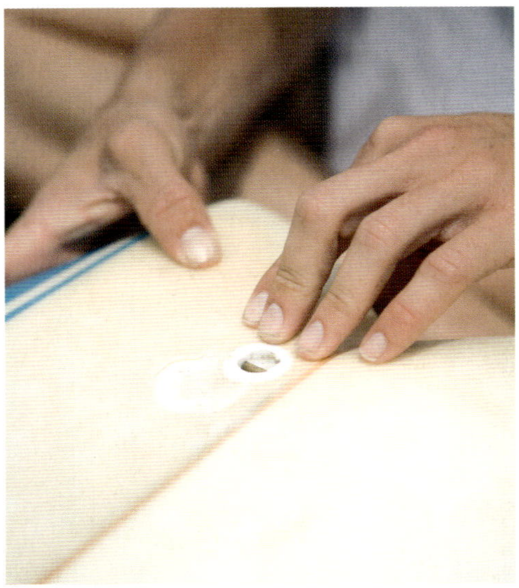

RIFT INN

DRIFT INN

Im Sommer stehen hier Schwimmen, Tennis im örtlichen Club, Grillfeste am Strand und Surfen auf dem Programm – und natürlich die Pferde.

Ein Jahr lang mussten alle Beteiligten hart arbeiten, aber schließlich war alles fertig. Richard baute einen Stall aus Holz für die Pferde. Außerdem konnten sie auf den säuberlich eingezäunten Koppeln herumgaloppieren. Die chaotischen Zeiten des Aufbaus gehören inzwischen der Vergangenheit an. Inzwischen ist die kleine Farm zu einem behaglichen Zuhause geworden.

Im Sommer stehen hier Schwimmen, Tennis im örtlichen Club, Grillfeste am Strand und Surfen auf dem Programm – und natürlich die Pferde. Wenn es zu schneien beginnt, kann man die Port-Jefferson-Fähre über den Long Island Sound nehmen und in die Berkshires fahren oder weiter nach Vermont zum Skifahren. Und wenn einem nach dem bunten Treiben und dem Trubel von New York City zumute ist, setzt man sich einfach in den Zug.

Vorhergehende Seiten: Ein Familienfoto vor der Felsküste. Von links: Richard, Pippa, Tamsin, Caitlin, Max and Lola.

Links: Richard und Max, beide erfahrene Segler, genießen einen Nachmittag im Boot vor Fire Island.

Rechts: Vater und Sohn sind begeisterte Seefahrer.

Folgende Seiten: Die Genesis-Farm im Abendlicht. Pippa hat ihre Arbeit im Stall beendet und geht zum Haus, um Essen zu kochen.

DAKINE

An diesem von der See umspülten Ort an der Spitze von Long Island ist das Wetter oft unberechenbar. Es kann sich täglich ändern. Hitzewellen im Sommer und Stürme im Winter gehören zum Alltag. Und stets geht ein Wind, der von der See her durch die langen Äste der Kiefern bläst. Pippa und Richard erinnert dieses Rauschen an Schottland, wo sie beide herkommen.

THE BANK HOUSE

The Bank House

Der Erwerb von The Bank House in Dornoch war eine spontane Entscheidung.

Zwölf Jahre lang kamen wir jedes Jahr im September hierher und verbrachten zusammen mit einer Gruppe Golfern und ihren Frauen, die aus dem Süden anreisten, einige Tage in einem Hotel auf dem Hügel. Während die Männer sich jeden Morgen auf den Weg zum Golfplatz machten, unternahmen die Frauen jeden Tag etwas anderes: Sie machten einen Spaziergang am Strand, gingen shoppen oder fuhren ins Inland, um eine Weberei oder eine Brennerei zu besuchen oder auch nur, um in einem Pub Mittag essen zu gehen.

Dornoch unterscheidet sich von den meisten anderen schottischen Kleinstädten, deren Hauptstraße von kleinen, grauen Häusern gesäumt sind, die direkt an den Gehsteig angrenzen, durch seine lange, interessante Geschichte. Im 11. Jahrhundert befand sich in Dornoch das Zentrum der römisch-katholischen Kirche im hohen Norden. Entsprechend gibt es elegante Gebäude aus gelbem Stein, einen Bischofssitz, ein großes Pfarrhaus, ein ehemaliges Gefängnis und eine außerordentlich schöne Kathedrale.

Nach der Reformation wurde die Kathedrale zu einer Episkopalkirche. In der Folge verfiel sie, wurde aber im 19. Jahrhundert von der Herzogin von Sutherland im viktorianischen Stil wiederaufgebaut. Später, in den zwanziger Jahren des zwanzigsten Jahrhunderts, wurden die Holzvertäfelung und sonstigen Verzierungen wieder entfernt, bis im Innenraum wieder die ursprünglichen schlichten Steinmauern zum Vorschein kamen. Die Kathedrale hat wunderschöne, farbige Glasfenster, und die gotische Form der hohen Decken wird wunderbar ausgeleuchtet. Heutzutage ist es eine presbyterianische Kirche, die jeden Sonntag enormen Zulauf hat. Ostern und Weihnachten bekommt man hier höchstens einen Stehplatz.

Vorhergehende Seiten: Der Strand von Dornoch bei Gezeitenmitte mit den sanften Hills of Fearn im Hintergrund.

Links: Rosamunde macht einen Morgenspaziergang, der perfekte Start in einen neuen Tag in Dornoch.

Oben: Die Kathedrale von Dornoch.

Für Golfspieler gibt es hier zwei Möglichkeiten. Den «Championship Course» und den «Struie», der weniger anspruchsvoll ist. Ich finde, Ersterer ist der schönste aller berühmten schottischen Golfplätze. Das Fairway verläuft parallel zum Strand und der See. Es ist gelb vom Ginster und bietet in alle Richtungen eine einzigartige Aussicht. Der Platz hat sein eigenes Clubhaus und einen eigenen Shop. Fast alle Einheimischen spielen Golf. Einmal habe ich den ganzen Tag vergeblich auf einen Handwerker gewartet, der bei uns etwas reparieren sollte. Als er am nächsten Morgen erschien und ich ihn fragte, wo er gewesen sei, zeigte er keine Reue, sondern antwortete nur: «Es war so ein schöner Tag, da bin ich Golf spielen gegangen.»

Einer der Gründe, warum ich mich an diesem abgeschiedenen Ort stets so wohl fühle, ist, dass ich mich hier an Lelant erinnert fühle, das Dorf, in dem ich aufgewachsen bin. Auch dort gab es einen langen Strand und Dünen und ähnliche Wildblumen und Golfplätze. Ich kenne den Duft von blühenden Ligusterpflanzen und Escallonia. Und an kühlen Abenden, wenn in den Häusern die Kamine befeuert werden, erfüllen die rauchenden Schornsteine die Luft mit dem mir so vertrauten süßlichen Torfgeruch.

Nachdem wir in unserem Urlaub in Dornoch einige Jahre lang im Hotel abgestiegen waren, begann ich, mich dort nach einem eigenen kleinen Domizil umzusehen, das man in den Ferien mit Golf spielenden Freunden und für unsere Enkelkinder nutzen konnte. Doch der Immobilienmakler vor Ort bot uns lediglich kleine dunkle Cottages oder einsame Hütten an, die abgeschieden in einsamen Tälern lagen. Ich musste immer daran denken, wie eingesperrt man sich dort an einem dunklen, feuchten schottischen Tag fühlen würde, oder an die meilenweite Autofahrt, um eine Zeitung, Milch oder andere alltägliche Dinge zu besorgen. Ich lehnte alle Angebote ab.

Die Idee geriet etwas in Vergessenheit.

Doch 1990 war sie plötzlich wieder da. Es war der letzte Tag unserer Golfwoche. Einige aus unserer Gruppe hatten bereits ihre lange Heimreise in den Süden angetreten. Auch ich hatte schon gepackt, als ich beschloss, noch kurz die Hunde auszuführen, bevor alles im Auto verstaut werden würde, damit wir nach Dundee zurückfahren konnten. Über eine steinerne Treppe gelangte ich in die kleinen Seitengassen des Ortes. Die Hunde

Links: Der Championship Course in Dornoch ist weltbekannt für seine unerbittlichen Fairways, schwierigen Grüns und immer wechselnden Spielbedingungen. Graham spielt eine Runde mit seinem alten Freund Richard Bergman, der aus New York zu Besuch ist.

Rechts: Graham wartet vor dem Clubhaus darauf, abschlagen zu können. Er trotzt dabei dem schneidenden Wind, der den Kurs so unberechenbar macht.

schnupperten an jeder Häuserecke und blieben etwas zurück, und ich wartete vor einem Haus, in dem sich eine Filiale der Bank of Scotland befand. Eine Möwe kreischte auf dem Dach des Gebäudes, und ich blickte hinauf. Da sah ich das Schild im Fenster der ersten Etage: WOHNUNG ZU VERKAUFEN.

Eigentlich hatte ich keine Wohnung im Sinn gehabt, aber eine Wohnung über einer Bank verhieß Wärme und Sicherheit. Ich ging die Gasse hinauf und entdeckte den langen, hofähnlichen Garten, der hinter dem soliden Gebäude schräg anstieg. Zwischen unendlich viel ungemähtem Gras, alten Flaschen und Dosen, die Nachtschwärmer auf dem Heimweg über die Mauer geworfen hatten, stand ein zerfallener Schuppen. Überall wucherte Efeu, und kleine Platanen waren unter altem Laub begraben. Aber es gab auch einen Goldregen und einen Fliederbusch und eine blühende Johannisbeerhecke.

Das Gebäude hatte eindeutig Potenzial.

Sobald wir wieder zu Hause waren, rief ich die Bank of Scotland in Edinburgh an und erfragte Details. Zwei Tage später machten wir uns abermals auf den langen Weg nach Dornoch und besichtigten die Wohnung. Von außen ist das Bankhaus schlicht und unspektakulär und verrät in keiner Weise, was sich dahinter verbirgt. Wenn man jedoch hineingeht und die Treppe hinaufsteigt, betritt man eine wunderschöne, geräumige, gut aufgeteilte Wohnung mit vielen hübschen Details. Sie erstreckt sich über den gesamten ersten Stock des Gebäudes sowie den Dachboden. Entlang der gesamten Treppe, über alle drei Etagen, verläuft ein geschnitztes Geländer aus hellem Holz. Die Decken sind mit elegantem Stuck verziert, und hohe Schiebefenster sorgen für viel Licht.

Die Wohnung war umgebaut worden, weil die Bank irgendwann das gesamte Erdgeschoss übernommen hatte und damit ein neuer Eingang auf der Rückseite des Hauses erforderlich wurde. Zur selben Zeit hatte die Bank auch eine Zentralheizung einbauen lassen, ein Schlafzimmer zu einer Küche umfunktioniert, einen neuen, schlichten Teppich hineingelegt und die Wände geschmackvoll tapeziert. Wir konnten sofort einziehen, der Preis war lächerlich niedrig.

Ganz links: Rosamunde hält einen Moment auf ihrem Spaziergang inne und lässt die Gedanken schweifen.

Links: Die Lage von The Bank House mit Blick auf die Kathedrale ist großartig. Der goldgelbe Sandstein ist typisch für den Ort.

Zu Beginn veränderten wir nicht viel. Lediglich ein kleines Schlafzimmer machten wir zu einem zweiten Badezimmer, denn obwohl die Wohnung Platz für zehn Personen bot, gab es nur ein einziges kleines Bad mit Nut-und-Feder-Wänden und einem hübschen Messingschloss an der Tür. Und ich fand, dass wir unbedingt Sitzplätze an dem großen Erkerfenster im Wohnzimmer schaffen mussten. Ich suchte mir Klempner und Tischler, und die Arbeiten wurden erledigt. Dann kaufte ich gebrauchte Möbel und zehn Betten. Einige Vorhänge besorgte ich neu, andere hatte ich noch in einer alten Truhe auf meinem Dachboden zu Hause. Die Küchenausstattung war modern, die Perserteppiche alt. Alles fügte sich ganz wunderbar zusammen, und die geräumigen, lichtdurchfluteten Räume erwachten zu ganz neuem Leben.

Oben: Vater und Sohn, Mark und Archie, mit ihrem zusammengestürzten Turm aus Dominosteinen auf dem sonnigen Fensterplatz im Wohnzimmer.

Rechts: Lalage, Andalucía und Jessica haben sich für ein ruhigeres Dominospiel entschieden.

Dear Dodie

Mit der Zeit haben wir die Wohnung noch komfortabler und schöner gestaltet, sodass man sie ganzjährig nutzen kann. Wir rissen einen hässlichen Kamin heraus und ersetzten ihn durch einen Gasofen mit blau-weißen Delfter Kacheln. Wir bauten eine neue Terrasse vor unserer «Eingangstür» und machten aus einem Schrank auf dem Dachboden eine Toilette mit einem kleinen Waschbecken. Das schönste Gästezimmer bekam eine neue Einrichtung, und die tropfende Dusche in dem ursprünglichen Bad wurde durch ein elektrisches Modell mit einem harten, warmen Wasserstrahl ersetzt.

Im Garten gab es mehr zu tun. Wir wollten die Sache nicht allzu arbeitsintensiv gestalten, aber auf jeden Fall musste ausgemistet werden. Als der verfallene Schuppen, die Flaschen und Dosen beseitigt waren und wir das wuchernde Gras besiegt hatten, beschnitten wir die Bäume, dünnten sie aus und rissen den zerstörerischen Efeu von den alten Steinmauern. Am Gartentor gab es ein Beet, das voller Unkraut, alter Asche und Kohle aus einem lange verschrotteten Ofen war. Wir zogen Löwenzahn und Geißfuß heraus, legten das Beet mit Polyäthylenfolie und Kieseln aus, und jetzt wachsen dort blühende Sträucher. Blumenzwiebeln wurden gesetzt und Heide gepflanzt. Der Flieder und der Goldregen wurden beschnitten und das Gras gemäht, sodass man an warmen Sommertagen eine Decke ausbreiten und die Teestunde in den Garten verlegen kann, während Dohlen und Möwen über einem kreisen.

Die Kathedrale, die sich gegenüber auf der anderen Seite der High Street erhebt, ist stets präsent. Ich bin mir sicher, dass die Güte, die von diesem alten Gemäuer ausgeht, bis zu The Bank House strahlt und dort für die friedliche Atmosphäre sorgt. Samstagabends legt der Organist manchmal eine Übungsstunde ein, die wir bei geöffneten Fenstern bis zu uns hören. Und von Zeit zu Zeit finden dort prachtvolle Hochzeiten statt, mit Männern in Kilts und eleganten Damen, die sich extra für diesen Anlass ein neues Kleid mit dem passenden Hut zugelegt haben.

Links: Rosamunde unterhält die Kinder mit Geschichten. Graham schaut zu.

Folgende Seite links: Der terrassenförmig angelegte Rasen von The Bank House erinnert an die alten, von Mauern umgebenen Gärten in Cornwall.

Folgende Seite rechts: «Teatime» im Garten. Von oben: Abigail und Andalucía essen den Schokoladenkuchen auf, Lalage und Iona springen von einer Stufe zur nächsten, Graham erzählt seinen Enkelkindern einen Witz, Lalage hilft Rosamunde beim Wäscheaufhängen, und Jessica macht einen Moment Pause mit Dora, dem Dackel.

RL
aloha girls

Das Haus wird viel genutzt, wenn nicht von uns, dann von unseren Freunden. Junge Familien mit Kindern schätzen besonders die Nähe zum Supermarkt und zum Metzger, denn beide liegen auf der anderen Seite des Platzes. Es gibt eine gute Buchhandlung, die insbesondere Karten und Reiseliteratur führt, ein Antiquitätengeschäft, und für Gäste, die sich ein wenig verwöhnen lassen wollen, sind ein kleiner Schönheitssalon und ein Friseur vor Ort.

Ein besonderes Highlight ist der Strand. Eigentlich sind es zwei Strände, die durch Felsen getrennt sind. Sie eignen sich vorzüglich zum Picknicken. Bei Ebbe bleibt in den Zwischenräumen das Wasser stehen, sodass man kleine Meerestiere darin beobachten kann. Gleich an der Küste, im Norden, beginnen die Hänge von Caithness, die im August durch die Heide violett und im Winter weiß vom Schnee sind. Am Strand findet man Unmengen von Muscheln und Schnecken, glitzernden Steinen und vom Meer glattgeschliffenen Glasscherben, die Juwelen sein könnten. Und es gibt Möwen und ganze Schwärme von Strandläufern, aber noch keinerlei Müll, Plastik oder andere Abfälle.
Dornoch scheint mehrere Klimazonen zu haben; wenn am Strand die Sonne scheint, liegen die Bergkuppen im Inland oft in Regenwolken gehüllt.

Im Sommer ist der Ort voller Touristen, viele davon sind Ausländer. In den Straßen blühen dann überall Blumen; Töpfe mit Begonien und Körbe mit Geranien hängen an den Straßenlaternen. Am Ende der Saison verwandelt sich die High Street in einen einzigen Markt: Vier Tage lang werden dort an Ständen köstliche und ungewöhnliche Waren feilgeboten: holländische Käse, Pflanzen und Blumenzwiebeln; französische Weine, Lavendel und duftende Seifen; tunesischer Couscous und frischgebackene Pfannkuchen. Wenn die Sonne in diesen Tagen auf die alte Kirche scheint, die Bäume Schatten spenden und die Möwen und Dohlen um den Turm der Kathedrale kreisen, könnte man Dornoch für eine bunte Kleinstadt in der Dordogne halten.

Rechts: Ein Ausflug zum Littleferry Beach. Archie will wissen, was da los ist.

Ganz rechts: Rückweg entlang leerer Strände nach einem langen Spaziergang.

Folgende Seite links: Graham genießt im Wohnzimmer ideale Lesebedingungen, während die Kinder mit ihrer Großmutter im Flur spielen.

Folgende Seite rechts: Ein typischer, spektakulärer Blick den Dornoch Firth hinauf, in Richtung Wester Ross.

&A MEMBER'S
GUEST
№ 000911
THE OPEN CHAMPIONSHIP
CARNOUSTIE
Saturday 17th July 1999
SENIOR CITIZEN
Admit to Course £13.00

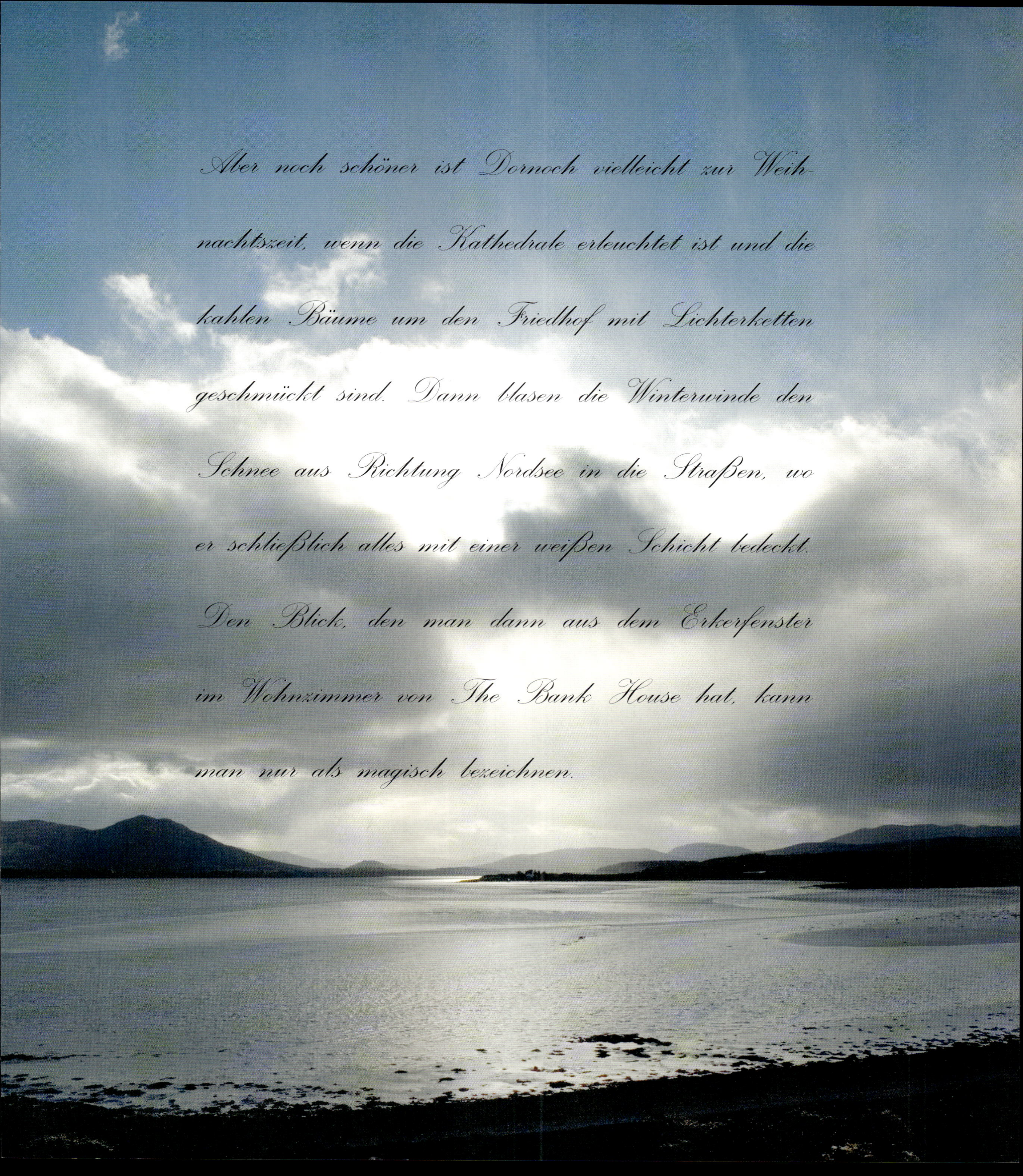

Aber noch schöner ist Dornoch vielleicht zur Weihnachtszeit, wenn die Kathedrale erleuchtet ist und die kahlen Bäume um den Friedhof mit Lichterketten geschmückt sind. Dann blasen die Winterwinde den Schnee aus Richtung Nordsee in die Straßen, wo er schließlich alles mit einer weißen Schicht bedeckt. Den Blick, den man dann aus dem Erkerfenster im Wohnzimmer von The Bank House hat, kann man nur als magisch bezeichnen.

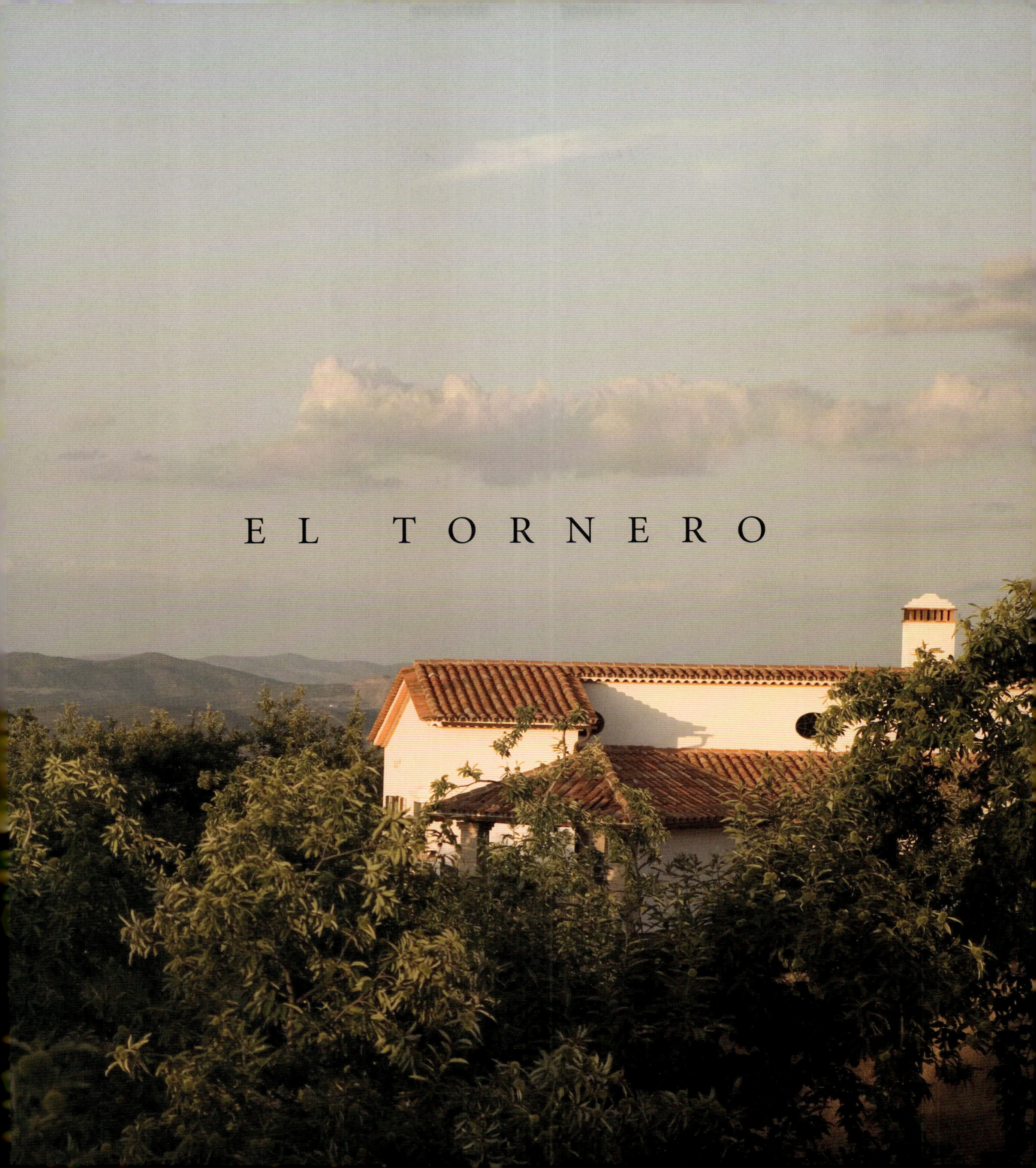
EL TORNERO

El Tornero

Erste Bekanntschaft mit der Sierra Morena, dem zerklüfteten Gebirgszug, der mitten durch Andalusien in Spanien verläuft, machten Robin und Kirsty 1994. Damals waren sie dort, um Fotos für den Frühjahrskatalog von Kirstys Versandhandel Pedlars zu machen. Sie wohnten bei Robins Cousine Jeannie Chesterton, die dort mit ihrem Mann Sam und drei Kindern lebte und ein kleines Hotel führte. Robin und Kirsty verliebten sich beide sofort in die Gegend und begannen, sich nach einem Haus umzuschauen.

Eineinhalb Jahre lang suchten Robin und Sam nach einem geeigneten Objekt. Einen Immobilienmakler gab es dort nicht, und der einzige Ort, wo man erfahren konnte, welche Höfe zum Verkauf standen, waren die Bars. Damals waren die Gesetze gegen Hausfriedensbruch noch ziemlich lax (inzwischen ist es anders), sodass es Leute gab, die unbehelligt Privatgrundstücke durchquerten, um im Gespräch mit Bauern in Erfahrung zu bringen, wo etwas zum Verkauf stand. Mit diesen Informationen gingen die Leute dann abends in die Bars. Der Kneipier machte sich Notizen. Entsprechend vage waren die Angaben, mit denen sich Robin und Sam dann auf recht abenteuerliche und häufig erfolglose Missionen begaben, bei denen sie beispielsweise meilenweit über holperige Pfade fuhren, während die Seitenspiegel die Sträucher am Wegesrand streiften, um schließlich vor einer dichten Brombeerhecke halten zu müssen, die sie zum Umkehren zwang. Oder sie fuhren einen steilen Weg hinauf, der an beiden Seiten von undurchdringlichen Zistrosensträuchern gesäumt war, und stellten dann fest, dass sie sich auf einem senkrecht abfallenden Felsvorsprung befanden, sich das gesuchte Objekt aber auf der anderen Seite einer tiefen Schlucht befand.

Vorhergehende Seiten: Das Haus zwischen Kastanienbäumen in der Abendsonne mit Blick über die Sierra de Aracena auf die Provinz Badajoz in der Ferne.

Links: Robin und Kirsty bei einem gemeinsamen Abendspaziergang durch die Kastanienbäume.

Oben: Oliver, Abigail und Andalucía.

Folgende Seite links: Sonnenuntergang am Olivenhain – der perfekte Ort, um Abigails fünfundzwanzigsten Geburtstag zu feiern.

Folgende Seite rechts: Florence und Hugo genießen die Abendstimmung.

Doch schließlich fand Robin das ideale Domizil. Einen zehn Hektar großen Hof, auf dem castaños (Maronibäume), alcornoques (Korkeichen) und olivos (Olivenbäume) wuchsen und der zudem an die Strom- und Wasserversorgung angeschlossen war. Und er lag nur eineinhalb Kilometer vom nächsten Ort entfernt. Gleich beim ersten Besichtigungstermin verhandelte Robin mit dem Eigentümer, und schon gehörte das Anwesen ihm.

Sam schlug vor, das alte Wohnhaus nicht zu renovieren, da es sehr ungünstig am Berg lag und von daher im Winter sehr kalt sein würde (das Grundstück liegt 640 Meter über dem Meeresspiegel). Also wählte man einen besseren Standort für ein neues Haus. Ein einheimischer Architekt wurde damit beauftragt, Robins, Kirstys und Sams Ideen zu Papier zu bringen, doch dann lag das Projekt drei Jahre lang auf Eis, weil sich das alte andalusische Baurecht gerade änderte.

Unterdessen reiste Robins ältester Sohn Oliver mit einem Studienfreund nach Spanien, um im Sommer auf dem Grundstück zu zelten und an dem alten Haus zu arbeiten. Sie deckten das marode Dach ab, besserten die Wände aus und setzten neue Stützbalken ein. Ihre Fähigkeiten, was das Bauen anbelangte, waren genauso rudimentär wie ihre Spanischkenntnisse. Dennoch gelang es ihnen, einen albañil, einen Maurer, aufzutreiben, der ihnen half. Sie hatten ihn in einer Bar kennengelernt. Dass die Familie heute zu vielen Dorfbewohnern ein freundschaftliches Verhältnis hat, ist sicher Oliver zu verdanken, der damals den Anfang machte. Obwohl Oliver inzwischen sehr gut Spanisch spricht, nennen ihn seine Bekannten dort unten noch immer Siempre sí, «Immer ja», weil er alle Fragen, die er nicht verstand, stets mit «Ja» beantwortete.

Vorhergehende Seiten: Familienbild bei Sonnenuntergang – von links: Florence, Robin, Lucy (Hugos Freundin), Kirsty, Andalucía, Hugo, Oliver und Abigail.

Rechts: Offener Wohnbereich im spanischen Stil. Vom Wohnzimmer gelangt man durch große Türen in den terrassenförmig angelegten Essbereich. Ein breiter Durchgang führt von dort weiter in die geräumige Küche.

Pan

Sie hatten so lange auf die Baugenehmigung gewartet, dass Robin und Kirsty extrem aufgeregt waren, als sie im Januar 2000 nach Spanien flogen, um den konkreten Standort des Hauses zu begutachten. Mit einer Schnur waren die Umrisse auf den Boden gespannt. Dann ließ Kirsty eine Bombe platzen, indem sie sagte, sie habe das Gefühl, das Haus stünde falsch herum. Dem Architekten wich die Farbe aus dem Gesicht, doch nachdem er sich von dem Schrecken erholt hatte, atmete er einmal tief durch, breitete seinen Plan aus, drehte ihn um 90 Grad und nickte dann schulterzuckend.

Der Grundstein wurde noch im Januar 2000 von Baumeister Miguel Durán Moreno und seinen Leuten gelegt. Zu Beginn arbeitete Miguel zusammen mit seinem Bruder, aber am Ende des Jahres hatte ihr kleines Unternehmen so viele Aufträge, dass sie beschlossen, die Firma zu teilen. Die Folge war, dass Miguel das Haus mit zwei Helfern allein hochziehen musste und der Bau erst im März 2003 abgeschlossen wurde. Robin und Kirsty finden jedoch beide, dass das Haus nicht so viel Charakter hätte, wenn es schneller fertig geworden wäre und sie nicht die Möglichkeit gehabt hätten, immer wieder noch etwas zu ändern.

Heute steht auf dem Grundstück ein beeindruckendes Domizil: vier große Schlafzimmer, Wohnzimmer und eine Küche auf der Hauptebene und ein Arbeitszimmer, ein Billardraum, ein zweites Badezimmer, eine Waschküche und eine kleine Einliegerwohnung im Untergeschoss, das sich aufgrund der Hanglage ergab. Allerdings wurde es schwierig, die Räume einzurichten. Gutes spanisches Mobiliar ist sehr teuer, und es gibt in Aracena keine Geschäfte für gebrauchte Möbel.

Vorhergehende Seite links: Andalucía unterhält ihren Vater früh am Morgen, lange bevor der Rest der Hausbewohner erwacht.

Vorhergehende Seite rechts: Die frischen Produkte der Region sorgen für eine gesunde, abwechslungsreiche Ernährung. Paprika und Tomaten gibt es in den unterschiedlichsten Größen und Farben, der Geschmack ist immer vorzüglich. Brot aus der Panadería im Ort, Oregano aus dem Garten, Rosen vom Beet: Die Gegend ist reich an Schätzen der Natur.

Links: Der große blaue Swimmingpool ist im Sommer ein wesentlicher Bestandteil des Lebens auf El Tornero. Eine willkommene Erfrischung in der Augusthitze.

Rechts: Andalucía und ihre Mutter genießen ein abendliches Bad.

Bibliothek. Dicke, alte Perserteppiche liegen auf den Holzdielen, und überall stehen Bücher, Blumen und Familienfotos.

So beschlossen Robin und Kirsty, die Möbel in Schottland zu kaufen. Robin nahm an Versteigerungen teil, ging zu Ramsch- und Fabrikverkäufen und erstand eine Reihe großer viktorianischer Stücke, die gut in das spanische Haus mit den hohen Decken passten. Die Anschaffungen wurden in einem alten Schuppen (der bald «spanische Hütte» genannt wurde) auf dem heimatlichen Anwesen zwischengelagert. Eines Tages luden sie alles in den größten Umzugswagen der Welt und ließen es nach Spanien transportieren.

Als Letztes wurde in dem Lkw ein kleiner alter Ferguson-Traktor untergebracht, der zuvor repariert und in leuchtenden Farben angemalt worden war. Um die Möbel einzuladen, waren zwei dicke Bretter als Rampen umfunktioniert worden, doch keiner der Umzugsleute traute sich, auch den Traktor auf diesem Weg in den Laderaum zu befördern. Also musste Robin, angefeuert von allen Anwesenden, diesen schwierigen Job selbst übernehmen und rückwärts die Schräge hinauffahren.

Nach einer langen Reise erreichte der Inhalt des Lasters sein Ziel, und jedes der Möbelstücke fand seinen Platz. Sofas und Sessel stehen um einen großen Kamin, und im Winter, wenn der Wind den Regen gegen die Fenster peitscht, ist es in diesem Wohnzimmer genauso heimelig wie in einer schottischen Bibliothek. Dicke, alte Perserteppiche liegen auf den Holzdielen, und überall stehen Bücher, Blumen und Familienfotos.

Ganz links: Das beleuchtete Haus mit Pool bei sternklarer Nacht.

Links: Abend. Es geht eine frische Brise, und die kühlere Luft lässt nächtliche Aktivitäten zu. Rocío Domínguez Mellado, ein Freund aus dem Ort, bringt den Frauen traditionelle Tänze aus Sevilla bei.

Im Sommer wird es hier sehr, sehr heiß. Dann glüht El Tornero in der Sonne und wirft schwarze Schatten. Im Juli und August kann man es draußen fast nur im Pool und in den Liegestühlen unter den Kastanienbäumen aushalten. Die Siesta gehört hier zum Alltag; die Mahlzeiten werden, wie es in Spanien üblich ist, spät eingenommen. Selbst die kleinsten Kinder gewöhnen sich schnell daran und essen wie die Erwachsenen um zehn Uhr zu Abend.

In den drei Jahren, die El Tornero jetzt bewohnt wird, ist es zu einem vollständigen Anwesen geworden. Vor dem Haus gibt es ein Stück Rasen, das Oleanderbüsche einrahmen. In den Sommermonaten wird es mit Regenwasser bewässert, das vom Dach und auf dem gefliesten Hof aufgefangen wird. Neugepflanzte Mimosen sorgen im Frühjahr, wenn die Kastanien noch keine Blätter haben, für Farbe, und die Terrassen auf beiden Seiten der steinernen Treppe, die zum Pool hinabführt, werden von Lavendel und Rosmarin begrenzt. Jasmin, Geißblatt und eine Bougainvillea ranken sich an den Wänden des Hauses und spenden flinken Geckos und flatternden Schmetterlingen Schatten. Den Mittelpunkt des geschützten Hofes, der von einer Myrtenhecke umgeben ist, bildet eine sich immer weiter ausbreitende Magnolie. Töpfe mit Schmucklilien, Geranien und Petunien bilden hübsche bunte Farbtupfer im Sommer.

Robin und Kirsty betrachten das Haus inzwischen als ihr zweites Zuhause. Die Familie nutzt es das ganze Jahr über regelmäßig. Im Sommer wird auf dem Rasen Krocket oder Tischtennis unter der Galerie gespielt. Im Winter trifft man sich im Spieleraum im Untergeschoss oft zu einer hart umkämpften Partie Billard. Alle haben sich hier von Anfang an wohlgefühlt. Bislang hat noch jeder Besucher Platz gefunden, und wenn es doch einmal zu viele sind, kann man noch auf das ursprüngliche Haus, das Casa Monte zurückgreifen, das mit Olivers Hilfe renoviert worden war.

Links: Florence und Kirsty während eines abendlichen Ausflugs auf einem der alten Viehwege, die typisch für die Gegend sind.

Rechts: Olivenbäume.

Einen großen Teil des Charmes von El Tornero ist ohne Zweifel der Umgebung zu verdanken. Die Aussicht über den See in der Ferne bis zu dem Höhenzug von Badojoz ist atemberaubend. Und natürlich haben auch die Einheimischen ihren Teil dazu beigetragen, indem sie die Familie so warmherzig und offen aufgenommen haben.

CHINNOCK HOUSE

VID HOCKNEY'S DOG DAYS
RY HOTELS
BEACH RESORTS
TLAS OF THE WORLD

Chinock House

Meine älteste Tochter Fiona und ihr Mann William haben sich in London kennengelernt. Wills Vater war Chirurg an der Harley-Street-Klinik mitten in London gewesen. Unser zukünftiger Schwiegersohn war somit in der Stadt aufgewachsen und später selbst beruflich dort tätig. Fiona lebte und arbeitete, abgesehen von einigen Aufenthalten in Australien und Südafrika, seit ihrem zwanzigsten Lebensjahr in London. Als sie heirateten, ließen sie sich im Stadtteil Wandsworth nieder. Erst als Will in den Ruhestand ging, zogen sie in Erwägung, dauerhaft aufs Land zu ziehen.

Drei Jahre lang mieteten sie ein kleines Wochenendhaus auf einem großen Anwesen in Wiltshire. Sie fanden Gefallen an der Gegend und streckten dort auch ihre Fühler nach einem eigenen Haus aus. Nachdem sie ein Jahr lang ohne Erfolg gesucht hatten, während die Immobilienpreise in Wiltshire immer weiter stiegen, machte ihr Makler sie auf ein Objekt in Somerset aufmerksam. Obwohl sie diese Gegend eigentlich gar nicht in Erwägung gezogen hatten, vereinbarten sie einen Besichtigungstermin und verliebten sich sofort in das im georgianisch-klassizistischen Stil gebaute Haus. Es steht in einem kleinen Dorf. Man hat Nachbarn in Sichtweite, und dennoch bleibt durch die großen Gärten ein gebührender Abstand gewahrt.

Das Haus, das aus dem für die Gegend typischen zartgelben Kalkstein gebaut ist, stammt aus den zwanziger Jahren des 19. Jahrhunderts. Ein wohlhabender Flachshändler hatte es in Auftrag gegeben, der seiner Familie nicht nur ein Heim, sondern auch ein repräsentatives Domizil bieten wollte, um seine gesellschaftliche Stellung zu unterstreichen.

Vorhergehende Seiten: Die georgianisch-klassizistische Fassade des Hauses aus sanftgelbem Kalkstein. Daneben der Magnolienbaum in voller Blüte.

Links: Ein prächtiges rosafarbenes Chintzsofa ist das Prunkstück im Salon. Überall stehen Fotos und Blumen.

Oben: Dackel Lily schaut nachdenklich drein.

Die Verkäufer waren ein älteres Ehepaar, denen das Haus zu arbeitsaufwändig geworden war und die sich etwas Kleineres in Bath gesucht hatten. Mit dem Garten hatten sie sich stets besonders viel Mühe gegeben. Große Blumenbeete wechselten mit gepflegten Rasenflächen ab. Nach Osten hatte man einen Blick auf die sanften Kuppen der Somerset Hills. Das Haus wirkt zwar von außen beeindruckend, ist jedoch gar nicht so besonders groß. Die Räume sind eher klein, haben aber riesige Fenster. Durch die edle Eingangstür aus Eiche gelangt man in eine geräumige geflieste Eingangshalle, an deren Ende eine alte, verglaste Tür in den von einer Mauer umgebenen Garten führt.

Das Erdgeschoss besteht aus einem Salon, einem Speisezimmer, einer großen, altmodischen Küche mit dem unvermeidlichen Ofen und einem kleinen Zimmer zum Lesen und Fernsehen. Eine Wand der Eingangshalle hat eine Wölbung, hinter der sich eine kleine Kammer befindet. Früher hat dort vielleicht der Butler geschlafen. Heutzutage ist sie ideal als kleine Bar, denn sie bietet genug Platz für einen Kühlschrank und Regale, in denen die Gläser aufbewahrt werden. In der ersten Etage befinden sich vier Schlafzimmer und drei Badezimmer, und darüber wiederum, nur über eine steile, alte Kiefernholzstiege zu erreichen, ist der Dachboden mit einem weiteren Schlaf- und einem Arbeitszimmer. Das im Originalzustand erhaltene Kellergewölbe (wahrscheinlich aus dem 15. Jahrhundert) wird für die Lagerung von Wein benutzt.

Im Kaufvertrag war ein weiteres Haus aufgeführt, das als The Coach House bezeichnet wurde. Das klang nach ehemaliger Garage für Fuhrwerke und damit nicht besonders vielversprechend. Es entpuppte sich aber als wunderschön hergerichtetes Cottage mit zwei Schlafzimmern, einem Badezimmer sowie einer Küche mit Steinboden und einem großen Esstisch, in dem ein Ofen Wärme verbreitet. In der oberen Etage gibt es zudem noch ein Wohnzimmer, aus dem man eine wunderbare Aussicht in die Ferne hat. Als Fiona und Will den Vertrag unterschrieben, hatten sie also nicht nur ein, sondern zwei Häuser erworben.

Im Jahr 2000 gaben sie ihren Wohnsitz in London auf und zogen vollständig nach Somerset.

Links: Die Wynn-Williams. Von oben: Will entspannt sich mit den Hunden auf dem Rasen. Will und seine Söhne Jamie und William lachen über einen Witz. Fiona mit Meggie.

Rechts: Der alte Steinfußboden im Eingangsbereich wird durch diverse Teppiche – und Hunde – gewärmt.

HOCKNEY'S DOG DAYS
ES ATLAS OF THE WORLD
RY HOTELS
ACH RESORTS

Bei allem Charme, den ihr neues Zuhause hatte, gab es doch einiges zu tun. Die gesamte Elektrik musste erneuert werden, da sie, wie sich herausstellte, nicht mehr sicher war. Ein Installateur wurde mit Reparaturarbeiten beauftragt. Außerdem kam an einigen Stellen die Feuchtigkeit durch die Wände. Zwei Jahre lang lebten sie mehr oder weniger mit den Handwerkern im Haus, und Fiona verbrachte viel Zeit mit Tee- und Kaffeekochen. Im Speisezimmer stapelten sich die zahlreichen unausgepackten Umzugskartons, und überall standen Leitern und Gerüste, Fußböden wurden herausgerissen, und Transistorradios plärrten.

Als die Bauhandwerker endlich fort waren, hielten die Maler Einzug. Fiona wählte sanfte Pastelltöne. Schließlich fanden ihre Möbel, sorgfältig ausgewählt oder geerbt, ihren Platz in dem neuen Haus. Auf den hellen Teppichböden liegen alte Perserteppiche. Fionas und Wills Bildersammlung schmückt die Wände und erweckt sie zum Leben.

Aber mit dem Ende dieses Großprojektes waren die Umbauten noch längst nicht erledigt. Auf der Südwestseite des Hauses hatte man einen großen Wintergarten im viktorianischen Stil an das Haus angebaut, der aber an mehreren Stellen verrottete. Er nahm dem Salon viel Licht, und weil es darin entweder zu heiß oder kalt war, wurde er lediglich als Friedhof für vertrocknete Topfpflanzen genutzt. Da das Haus jedoch unter Denkmalschutz stand und es sich um einen echten viktorianischen Wintergarten handelte, war eine Genehmigung erforderlich, erstens, um ihn abzureißen, und zweitens, um ihn durch etwas anderes zu ersetzen. Es dauerte eine Weile, doch schließlich gaben die Behörden grünes Licht. An die Stelle des Wintergartens haben Fiona und Will eine solide Veranda mit einem festen Dach bauen lassen, die Licht in den Salon lässt, gleichzeitig aber den Blumentöpfen mit den Kamelien und Hortensien Schatten und Schutz bietet.

Links: Durch die Terrassentür neben dem Kamin hat man einen wunderschönen Blick in den Garten.

Folgende Seite links: Graham genießt zum Frühstück seine Fische, die Will exzellent zubereitet hat. Ein altes Familienfoto von Rosamunde mit ihrer älteren Schwester Lalage steht auf dem Kaminsims. Fionas Talent als Sammlerin ist im ganzen Haus sichtbar.

Folgende Seite rechts: Ein Originaldruck von «Die Muschelsucher» von Richard Wardle hat einen schönen Platz im Gästezimmer.

Während es mit dem Haus voranging, wucherte der Garten vor sich hin. Fiona und Will übernahmen ein aufwändig gestaltetes, arbeitsintensives Grundstück mit vielen Staudenrabatten. Die Pflanzen mussten hochgebunden und ausgedünnt werden. Seit Jahren hatte hier niemand mehr Unkraut gejätet. Die Vorstellung, diesen Garten jahraus, jahrein pflegen zu müssen, war für die beiden alles andere als verlockend. Doch zum Glück begegnete Will direkt nach ihrem Umzug aufs Land Henry. Sie freundeten sich schnell an. Henry war ein ehemaliger Auktionator, der beschlossen hatte, sich im Ruhestand dem Gärtnern zu widmen. Überdies hatte er zwei Söhne, die bei dem Besitzer des Nachbarhauses angestellt waren, der wiederum zufällig ein bekannter Landschaftsarchitekt war! Etwas Besseres hätte Will und Fiona gar nicht passieren können, denn Piers und Luke kamen umgehend vorbei und fingen mit der Planung an. Die vielen Blumenbeete wurden aufgelöst und stattdessen Gras gesät oder Heben gepflanzt, die im Frühjahr blühen, aber winterhart sind. Dafür legten sie einen Blumengarten mit einem Gemüsebeet daneben neu an. Um den Pool herum wächst ebenfalls Rasen. Dort steht jetzt eine hölzerne, schattenspendende Pergola, an der sich Klematis und Geißblatt ranken. Doch die größte Herausforderung für Piers war der von einer Mauer umgebene Teil des Gartens auf der Nordwestseite des Hauses. Er entfernte die Blumenrabatten und ersetzte sie durch eine symmetrische, klar strukturierte Bepflanzung. Heute ist der Garten eine lebende Erinnerung an ihn und sein Talent, denn leider verlor Piers sein Leben bei dem großen Tsunami. Will und Fiona haben einen Gedenkstein in die Mauer mit dem alten Holztor einsetzen lassen. In schlichten Buchstaben ist dort einfach nur «Piers' Garden» eingemeißelt. Wenn im Frühling die «New- Dawn»-Rose über der Eingangstür sprießt und duftet und die Magnolienbäume blühen, wenn der Lavendel, der den Blumengarten einrahmt, endlich lila leuchtet und die Bienen summen lässt, wenn die süß riechende «Compassion»-Rose am Coach House hinaufklettert und die Äpfel im Obstgarten zu Boden fallen, dann ist das alles Piers, seinem Bruder Luke und ihrem Vater Henry zu verdanken, der immer noch mit Will und Fiona dafür sorgt, dass der Garten gehegt und gepflegt aussieht.

Links: Die Tür führt in «Piers' Garden». In dem geschützten, von Mauern umgebenen Garten gedeihen die Blumen prächtig.

Rechts: Der Weg führt von der Küchentür zum Coach House.

Folgende Seite links: Ein Tagesausflug nach Bridport; nach einem Spaziergang am Strand in der Kälte hat man sich das Mittagessen im Restaurant Riverside wahrlich verdient. Will mit dem unvermeidlichen Tabasco, der seiner Meinung nach zu jedem Essen passt.

Folgende Seite rechts: von links: Will, Fiona, Rosamunde und Graham gehen mit den Hunden am Strand von Bridport spazieren.

Riverside
RESTAURANT

SCOTLAND

Die Wochenenden verbringen Fiona und Will mit Bekannten aus der Gegend oder alten Freunden aus London, die gern für ein paar Tage dem Stadtleben entfliehen und aufs Land kommen.

Nach vielen Mühen, Überlegungen und einer langen Zeit sind die Arbeiten an Haus und Garten inzwischen beendet. Auch das kleine Coach House ist fertig und wird für Gäste genutzt, es rentiert sich aber auch als Bed & Breakfast. Im Frühling leuchten die Narzissen im Obstgarten und neigen ihre Köpfe im Wind, und der Rasen, der die Auffahrt säumt, ist mit Zyklamen und Primeln übersät.

Alles hat sich für die beiden gut gefügt. Will engagiert sich für örtliche Projekte wie einen neuen Pavillon beim Kricketplatz. Die Wochenenden verbringen Fiona und er mit Bekannten aus der Gegend oder alten Freunden aus London, die gern für ein paar Tage dem Stadtleben entfliehen und aufs Land kommen. Will hat zwei Söhne, die regelmäßig mit ihren Freundinnen da sind, und Fiona lebt nur zwei Stunden von ihrem jüngeren Bruder Mark entfernt, der mit seiner Familie auch gern in Chinook House einfällt, den Swimmingpool genießt oder sich am nahegelegenen Kricketplatz tummelt. In der kleinen Kirche findet alle drei Wochen ein Gottesdienst statt, und das nächste Gasthaus ist nur eine halbe Meile entfernt; beruhigend, wenn einem das Essen ausgeht oder keiner Lust zum Kochen hat!

Links: Rast nach dem Aufstieg zum Ham Hill, von wo man einen schönen Blick über Somerset hat. Von links: Charlie (Williams Freundin), Will, William, Fiona und Jamie.

Rechts: Die Jungen kommen zu gern übers Wochenende aus London, um bei Fiona und Will auszuspannen.

Folgende Seite links: Trubel bei einem Mittagessen am Sonntag mit Gästen. Bei gegrilltem Huhn, frischem Obst und gutem Rotwein ergibt sich die Unterhaltung von selbst.

Folgende Seite rechts: Fiona und Will laden gern Freunde ein.

Seite 134: Ein anderer Teil des Eingangsbereichs mit Steinfußboden. Das Esszimmer. Ein Stück aus dem verzierten Rahmen eines französischen Spiegels und eine alte englische Reiseuhr.

Seite 135: Traditionelle georgianisch-klassizistische Fenster mit geschnitzten Perlhühnern und rosafarbenen Tulpen.

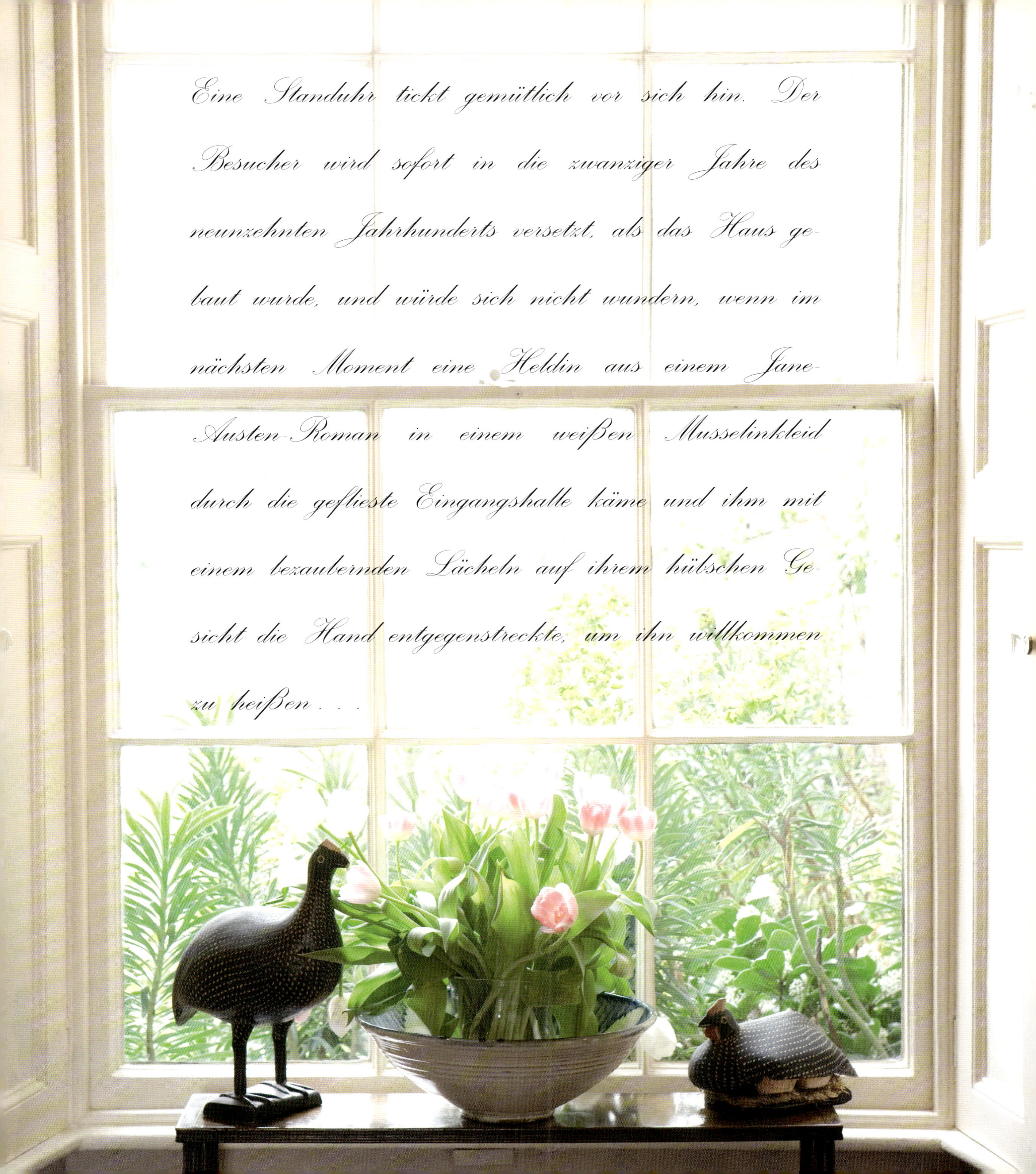

Eine Standuhr tickt gemütlich vor sich hin. Der Besucher wird sofort in die zwanziger Jahre des neunzehnten Jahrhunderts versetzt, als das Haus gebaut wurde, und würde sich nicht wundern, wenn im nächsten Moment eine Heldin aus einem Jane-Austen-Roman in einem weißen Musselinkleid durch die geflieste Eingangshalle käme und ihm mit einem bezaubernden Lächeln auf ihrem hübschen Gesicht die Hand entgegenstreckte, um ihn willkommen zu heißen . . .

MONORGAN FARM

Monorgan Farm

Meine Schwiegereltern Hope und Eileen Pilcher kauften den Pertshire-Hof während des Zweiten Weltkriegs. Eigentlich war geplant, dass mein Mann dort leben und das Land bewirtschaften sollte, aber Graham wurde 1945 sehr schwer verwundet. Es war klar, dass er körperlich nicht in der Lage sein würde, die schwere Arbeit zu verrichten. Deshalb zogen Hope und Eileen in das Haus und verbrachten dort glücklich ihren Lebensabend.

Nachdem Robin, ihr Enkelsohn, geheiratet hatte, lebte er mit seiner Frau Kirsty in einem der Cottages, die zu dem Anwesen gehörten. Mit der Zeit wurde es dort allerdings recht eng, denn sie bekamen drei Kinder. Doch Eileen wollte sich auch nach Hopes Tod nicht von dem großen Haus trennen. 1986 starb sie im Alter von 94 Jahren. Genau am Tag ihres Begräbnisses erfuhr Kirsty, dass sie abermals schwanger war.

Als Florence im darauffolgenden Mai zur Welt kam, war die junge Familie bereits in ihr neues, geräumiges Zuhause eingezogen. Ihre Mutter und sie wurden an einem sonnigen Frühsommertag aus der Klinik entlassen, und Kirsty konnte sie im Garten unter dem rosa blühenden Kirschbaum stillen.

Der Hof, dessen Felder sich sanft abschüssig bis zum Firth of Tay, dem Mündungstrichter des Flusses, erstrecken, ist sehr alt. Man findet seinen Namen auf historischen Karten. Es gibt sogar Verbindungen zur Kirche, denn eine Zeitlang gehörte er zum Zuständigkeitsbereich des Abts von Coupar Angus. Teile des Anwesens nannte man früher Templehall-Hof. Ein Obstgarten mit Apfel- und Birnbäumen wurde von Mönchen bewirtschaftet.

Vorhergehende Seiten: Kirschbäume in voller Blüte im Garten der Farm im Frühling.

Links: Die Sonne geht über dem grünen Gerstenfeld auf und trocknet den Tau.

Oben: Das Haus ist ein typisches Beispiel für den georgianisch-klassizistischen Stil.

Im Laufe der Jahrhunderte war das Haus immer mehr vergrößert worden. Ursprünglich war es eine Steinkate mit zwei Zimmern gewesen, die später um ein weiteres Stockwerk erweitert wurde. Als es den Landwirten immer besser ging, wurde eine georgianisch-klassizistische Fassade mit Stuckverzierungen, Simsen und hohen Fenstern davorgesetzt.

Als Eileen dort einzog, nahm sie eine Reihe von Veränderungen vor. Zwischen Garten und Hof ließ sie eine Mauer errichten. Die alte Haustür, die nach Süden in den Garten hinausging, wurde verglast, während der Eingangsbereich auf die Rückseite verlegt wurde. Den Luxus einer Zentralheizung aber gönnten sie und ihr Mann sich bis zum Ende seiner Tage nicht, und der alte Ofen in der Küche mit Steinboden hatte einem kleinen elektrischen Herd weichen müssen.

Folglich war das Haus, und insbesondere die Küche, extrem kalt, aber meine Schwiegereltern gehörten einer Generation an, die hart im Nehmen war und sich einfach noch einen Pullover überzog. Doch als Eileen, nachdem ihr Mann verstorben war, allein lebte, ihre treue Haushälterin krank wurde und sich schließlich in den Ruhestand verabschiedete (sie war bereits über siebzig), war allen Familienmitgliedern klar, dass man ohne eine anständige Heizung keine neue Haushälterin finden würde. Also wurde ein mit Öl betriebener Heizkessel installiert, und im alten Haus wurde es zum ersten Mal in seiner langen Geschichte warm.

Links: Kirstys Sammelleidenschaft ist nicht zu übersehen: Überall im Haus steht feines Porzellan.

Rechts: Der warme Gelbton im Esszimmer schafft eine angenehme Atmosphäre.

Folgende Seite links: Über der Kommode mit den wunderschönen Intarsien hängt in dem gemütlichen Salon ein von Thomas Millie Dow gemaltes Bild. Er war Grahams Stiefgroßvater aus Glasgow. Das wertvolle Geschenk von Kirstys Großmutter hingegen – eine erlesene Zusammenstellung alter Familienporträts – wird in Robins und Kirstys Schlafzimmer unter Verschluss gehalten.

Folgende Seite rechts: Kirsty hat stets frische Blumen aus dem Garten im Haus.

GUERNSEY • GLOUCESTER
AYRSHIRE
DAIRY PASTURES

Freunde kamen zum Essen oder blieben für einige Tage, sodass alle Räume genutzt wurden.

Doch es blieb das Haus einer alleinstehenden alten Dame, bis Robin und Kirsty einzogen. Von einem Tag auf den anderen änderte sich die Atmosphäre. Plötzlich waren die Räume von Kinderstimmen erfüllt, Türen und Fenster standen offen; Hunde warteten darauf, ausgeführt zu werden, Katzen sonnten sich auf den Stufen vor dem Eingang, ein Pony zog in den alten Stall ein. Freunde kamen zum Essen oder blieben für einige Tage, sodass alle Räume genutzt wurden. Zu Beginn renovierten oder erneuerten Robin und Kirsty kaum etwas, doch im Laufe der Jahre wurden Wände neu gestrichen, alte Vorhänge ersetzt, ein neuer Ofen eingebaut, und der unerlässliche Geschirrspüler sowie eine Waschmaschine kamen hinzu.

Draußen gibt es eine Wiese, auf der man Krocket spielen kann. Ein Trampolin wurde aufgestellt, und später kam auch ein Tennisplatz hinzu, auf dem nicht nur die Eltern, sondern auch die inzwischen jugendlichen Kinder gerne spielten.

Später, nachdem die Kinder die Schule abgeschlossen hatten und zum Studium von zu Hause fortgingen, wurde das Haus einem weiteren «Facelift» unterzogen. Die Küche wurde modernisiert, ohne den alten Charme zu zerstören. Außerdem bauten Kirsty und Robin einen Kohlenschuppen zu einer modernen Waschküche aus. Dachfenster verwandelten einen dunklen Korridor in der oberen Etage in einen luftigen, sonnendurchfluteten Flur.

Ganz links: Essensgäste auf Monorgan – wie so oft.

Links: Frischer Mittelmeer-Salat, selbstgebackenes Brot und Nesselsuppe mit gegrillter Paprika ergeben ein vorzügliches leichtes Sommer-Mittagessen.

Folgende Seite links: Drei Pilcher-Generationen spielen zusammen Golf auf dem Old Course in St. Andrews. Von links: Hugo, Robin, Graham und Oliver unterhalten sich auf dem Platz vor dem Royal and Ancient Golf Club über die Nachrichten des Tages. Graham ist eines der ältesten Mitglieder des Clubs.

Folgende Seite rechts: Golf und Tennis sind eine sehr ernste Angelegenheit.

PEAK

Hecken wurden zurückgeschnitten, sodass der Rasen mehr Licht bekam, und Blumenrabatten unter Berücksichtigung der jeweiligen Sonnenverträglichkeit neu gepflanzt.

Der Garten war von Anfang an schön gewesen. In der von der Sonne beschienenen Ecke an der Küche dufteten die Rosen. Eileen war zwar nie eine große Gärtnerin gewesen, aber sie hatte stets gute Einfälle gehabt. So hatte sie Obstbäume und altmodische Rosen in eine Ecke der Kuhweide gepflanzt. Die Idee, die dahintersteckte, war, Haus, Garten und Landwirtschaft nahtlos miteinander zu verschmelzen. Und tatsächlich blickt man aus den Fenstern in der oberen Etage auf fruchtbares Ackerland, das bis an den Tay reicht. In der Ferne kann man die grünen Hügel der Halbinsel Fife erkennen.

Dennoch gab es für Kirsty, die gern im Garten arbeitet, noch viel zu verändern. Hecken wurden zurückgeschnitten, sodass der Rasen mehr Licht bekam, und Blumenrabatten unter Berücksichtigung der jeweiligen Sonnenverträglichkeit neu gepflanzt. Eine Moschusrosenhecke trennt jetzt den Gemüsegarten von dem wilden Teil, ein älterer Pflaumenbaum wurde durch einen jungen ersetzt, der fast von Anfang an brav Früchte trug.

Ganz links: Dämmerung legt sich über den Obstgarten von Monorgan.

Links: Andalucia hilft ihrer Großmutter «Keekee» frische Blumen für drinnen zu schneiden.

Folgende Seite links: Zwischen den Nadel- und den Obstbäumen kann man sich gut austoben.

Folgende Seite rechts: Kirsty begutachtet die Blumenbeete.

Mein Schwiegervater war Rinderzüchter. In den alten Stallungen fand im Winter eine beachtliche Zahl an Rindern ihren Platz im Stroh. Gefüttert wurden sie über einen zentralen Gang. Später, als es auf dem Hof kein Vieh mehr gab, wurde der aufwändige Erhalt dieses wunderschönen, historischen Gebäudes zum Problem. Man löste es dadurch, dass man die alten Schweineställe und Futterkammern vermietete. In der Kornkammer im ersten Stock befindet sich inzwischen ein erfolgreiches Tonstudio. Weideland wird als Koppeln für Pferde verpachtet, für die es nach wie vor genügend Ställe, Boxen und Sattelkammern gibt.

In diesem friedlichen, gastfreundlichen alten Haus haben schon viele Feste und denkwürdige Feiern stattgefunden: Geburtstagsfeiern, Kinderpartys, Grillfeste und Tanzveranstaltungen. An Sommerabenden wurden Lichterketten aufgehängt und Zelte auf dem Krocketrasen aufgestellt, aus denen der heitere Rhythmus schottischer Tänze wie Reel oder Strathspey ertönte.

Jedes Jahr, zur Zeit des astronomischen Herbstanfangs, kehren die Wildgänse von der Arktis zurück, um die kalten Monate an den Ufern des Flusses zu verbringen. Im Frühling, wenn die Tage länger werden und es nicht mehr gar so kalt ist, schnattern sie lauthals auf den noch kahlen Feldern. Es hört sich dann an, als diskutierten sie, ob sie tatsächlich nach Norden fliegen sollten, bevor sie sich dann doch, wie jedes Jahr, auf den Weg machen. Wenn die Vogelschwärme in Richtung Arktis aufbrechen, ist dies ein sicheres Zeichen, dass wärmeres Wetter bevorsteht. Kurz darauf beginnen die Bäume Knospen zu treiben, und die Sonne klettert hinter den Hügeln der Halbinsel Fife am Himmel empor.

Links: Hector, Robin und Alice.

Rechts: Der Blick vom Ufer des Tay, durch das Schilf bei Ebbe in Richtung der Brücken von Dundee.

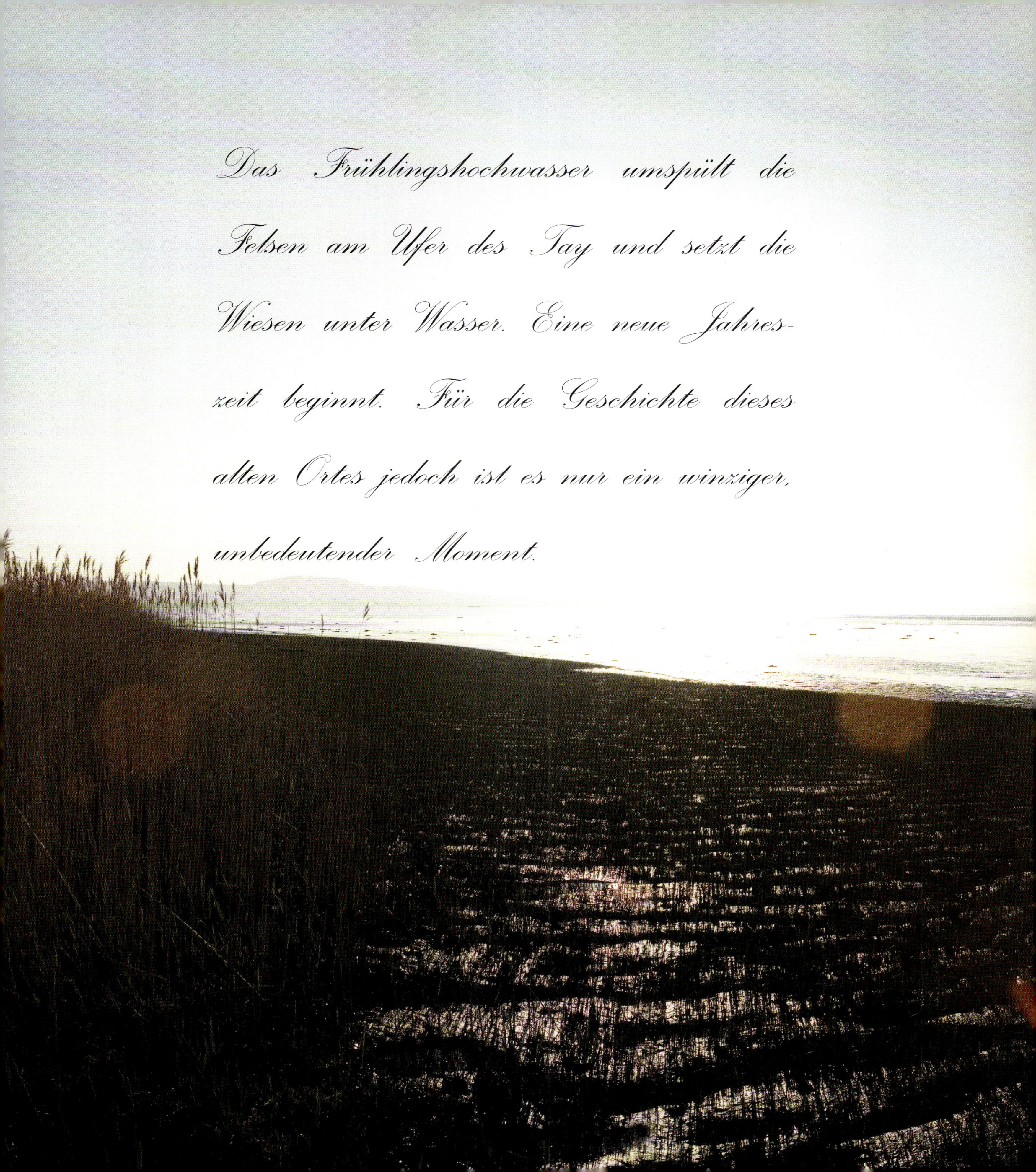

Das Frühlingshochwasser umspült die Felsen am Ufer des Tay und setzt die Wiesen unter Wasser. Eine neue Jahreszeit beginnt. Für die Geschichte dieses alten Ortes jedoch ist es nur ein winziger, unbedeutender Moment.

Festlichkeiten 2006

Feste zu planen, finde ich immer ein wenig schwierig, zumal das Wetter in Schottland für Gartenpartys oder Einladungen zum Grillen, ganz allgemein für Feiern unter freiem Himmel, allzu launisch ist. Im Juli fegt plötzlich ein Sturm über das Land, und es regnet wie aus Eimern, während es im November oder Januar mild wie im Frühling sein kann. Die Rahmenbedingungen sind also nicht ideal, egal in welchem Monat.

Andalucía Pilcher wurde Anfang Januar getauft. Zwar war es an dem Tag nicht eiskalt, aber naturgemäß wurde es bereits nachmittags dunkel. Oliver wollte gern viele Gäste einladen, nicht nur Paten und Verwandte, sondern auch alte Freunde aus der Gegend und die Direktorin seiner Grundschule sowie weitere Bekannte, die mit der Farm seines Vaters zu tun gehabt hatten. Da für so viele Gäste drinnen nicht genug Platz war, wurde ein Zelt gemietet, das wie ein zusätzlicher großer Raum direkt an das Haus gestellt wurde. Dort fand nach der Kirche der Empfang statt. Drei Heizlüfter sorgten für eine angenehme Wärme. Es gab Champagner, Tee und köstlichen Kuchen. Später wurde das Zelt zum Tanzsaal, wo traditionelle schottische Musik gespielt wurde. Andalucía war die ganze Zeit dabei, und ihr Großvater tanzte mit ihr den Dashing White Sergeant.

Grahams neunzigster Geburtstag Mitte Juni war von der Jahreszeit her unproblematischer, aber dennoch scheute ich mich davor, das mit einer Veranstaltung im Freien verbundene Risiko einzugehen. Stattdessen feierten wir mittags mit dreißig Personen in einem Restaurant namens Ballathie, in einem ehemaligen Privathaus am Ufer des wunderschönen Flusses Tay. Den leuchtend grünen Rasen und die riesigen alten Bäume der dazugehörigen Parkanlage beschien die Sonne, und unterhalb von uns floss der blaue Fluss dahin, in dem sich der Himmel spiegelte. Die Terrassentüren standen offen. Daher wurden die neunzig Kerzen auf der Schokoladen-Geburtstagstorte von einer frischen Brise ausgeblasen, noch bevor der Jubilar Luft holen konnte, um sie selbst auszupusten.

Links: Stolze Eltern und Urgroßeltern vor der All-Saints-Kirche in Glencarse nach Andalucías Taufe.

Oben: Graham wird nach dem Essen anlässlich seines neunzigsten Geburtstags von einem Rolls-Royce mit Chauffeur abgeholt. Die Feier fand im Restaurant Balathie statt, das wunderschön am Ufer des Tay liegt.

Olivers und Abis Hochzeit sollte im September stattfinden. Wiederum ein wechselhafter Monat; die Tage wurden bereits kürzer, und es hätte schon empfindlich kalt sein können. Doch wir hatten abermals Glück, das Schicksal meinte es gut mit uns. Der Tag in Edinburgh war wunderschön und warm. Die vielen Festivalbesucher, die sich noch vor kurzem dort gedrängt hatten, waren in Bussen, Flugzeugen und Zügen abgereist, sodass die Altstadt friedlich in der Sonne lag. Jetzt konnte man die engen Gassen, die georgianischen Terrassenhäuser und Plätze, den Ausblick nach Norden und Süden auf den Firth of Forth und das über der Stadt thronende Schloss wieder genießen.

Die Trauung fand im Norden Edinburghs statt, in Stockbridge. Im Anschluss daran trafen wir uns alle in Caroline Park, einem alten Anwesen, das einst dem Herzog von Buccleugh gehört hatte. Das Grundstück war von Bäumen und einer hohen Hecke umgeben, sodass man die dahinter liegende Stadt vollkommen vergaß und sich angesichts des historischen Gebäudes in dem Park mit den großen Bäumen ein wenig wie in eine vergangene Zeit versetzt fühlte. Zudem bot sich ein einmaliger Blick auf den Forth, der in der Abendsonne schimmerte. Unzählige kleine Boote mit weißen Segeln waren dort zum Abschluss des Tages noch auf dem Wasser.

Olivers und Abigails Hochzeit. Von links oben: Abigail mit ihrem Vater auf dem Weg zur Kirche; vor St. Vincent's Chapel; die Trauung wurde von Pfarrer Grant durchgeführt; nach der Trauung mit Tochter Andalucía; Robin begrüßt Gäste auf Caroline Park; Rosamunde unterhält sich mit alten Freunden; Alice Pilcher ist aus Buenos Aires zurück, wo sie ein Jahr gearbeitet hat; die Brautjungfern holen alles aus der Schaukel heraus; die Urgroßeltern posieren mit den Frischvermählten; die stolze Mutter; Richard in traditioneller Highland-Tracht; Iona stürmt los; Tische mit Kerzen für das Essen im Zelt; die Torte wird angeschnitten; gefeiert wird bis in die frühen Morgenstunden.

Das letzte Fest des Jahres begingen wir in London. Eine diamantene Hochzeit kann schnell ein wenig rührselig geraten. Ich wollte jedoch weder viel Aufhebens darum machen noch eine allzu sentimentale Feier. Da zudem das Datum, der 7. Dezember, nicht gerade ideal war, bot sich London an, da es für unsere weit verstreut lebenden Familienmitglieder leicht zu erreichen war, ohne dass sie den zusätzlichen Weg nach Schottland auf sich nehmen mussten. Wir luden all unsere Kinder mit den dazugehörigen Ehemännern oder Ehefrauen ein, außerdem die Enkelkinder mit Ehepartnern, Freund oder Freundin; und natürlich die kleine Andalucía. Darüber hinaus noch einige in London lebende Cousins und Cousinen, um den Kreis der Gäste nicht allzu streng einzugrenzen. Den music room im neuen Flügel des Hotel Ritz hatte ich Monate im Voraus reserviert. Als der Tag des Festes näher rückte, mussten wir dann lediglich noch das Menü und den Wein auswählen. Das Wetter spielte in diesem Fall keine Rolle. Niemand sollte Geschenke mitbringen. Fast alle Gäste, die wir eingeladen hatten, kamen. Nur von der «amerikanischen» Verwandtschaft fehlten einige, da sie auf Hawaii gerade eine Firma eröffnet hatten. So hatte auch niemand von ihnen erwartet, dass sie von dort extra für eine kleine Feier anreisten – selbst wenn diese im Ritz stattfand.

Rosamundes und Grahams diamantene Hochzeit im Hotel Ritz in London. Von oben links: Julian Imrie, der gerade von einer 24 000-Kilometer Radtour durch Südafrika zurückgekehrt ist, lacht mit seiner Schwester Lola; Rosamunde tauscht mit Mark Neuigkeiten aus; Pippa applaudiert nach der Rede ihres Vaters; der festlich gedeckte Tisch; Archie demonstriert seine Malkünste; Pippa und Graham lachen gemeinsam; Rosamunde und Graham, sechzig Jahre nachdem sie gemeinsam vor den Altar traten; Lucy, Kirsty und Andalucía hören den Rednern zu; ein geschmückter Kerzenleuchter; Archie wird herumgereicht; Andalucía nimmt sich eine Auszeit; Archie wird abermals herumgereicht; Alice genießt den Moment; das glückliche Paar.

D A N K E

Zuallererst möchte ich allen Familien danken, die an der Entstehung dieses Buches beteiligt sind. Andalucía, Abigail und ich bedanken uns für ihre Gastfreundlicheit. Ein Dank auch an Ursula Bender, die Rosamunde und mich bei der Enstehung dieses Familienalbums begleitet hat. Dank ist ebenfalls fällig an Katharina Naumann bei Rowohlt, an Jim Stanton für die hervorragende Arbeit an der Gestaltung und dem Entwurf des Buches, an Alfred bei STATION NYC für seine Arbeit an allen Farbkorrekturen, an Ian und Daniel bei PRIVATE für ihre Retuschierarbeit. Dank an Björn Wallander (www.bjornwallander.com) für die wunderbaren Hochzeitsfotos und für all seine immer so besonnenen Ratschläge. Dank an Joe Maclay (www.joemaclay.co.uk) für die wunderbaren Fotos von Grahams 90. Geburtstag und der diamantenen Hochzeit im Ritz. Dank an Adam Klimaszewski für seine Fotos von Andalucías Taufe. Ich möchte Abigail für ihre überragende Arbeit beim Styling danken und auch dafür, dass sie sich gleichzeitig um Andalucía kümmerte. Dank ebenfalls für ihre kontinuierliche Unterstützung und Ermutigung. Danke an Andalucía, dass sie sich so artig allen Situationen angepasst hat. Graham, danke für all unsere Golfpartien und für die gute Einführung! Zum Schluss mein Dank an Rosamunde für dieses Buch und für die ununterbrochene Unterstützung meiner Karriere.

Dank an all diejenigen, die ich vergessen habe!

Cheers,